Collection folio junior

dirigée par
Jean-Olivier Héron
et **Pierre Marchand**

Roald Dahl est né au pays de Galles en 1916. Il fait ses études en Angleterre, puis il part pour l'Afrique comme employé d'une compagnie pétrolière. Durant la Seconde Guerre mondiale, il s'engage dans la R.A.F. et devient pilote de chasse. Il échappe de peu à la mort, son appareil s'étant écrasé au sol !

A la suite de cet accident, et après une rencontre avec C.S. Forester (auteur des histoires du capitaine Horatio Hornblower), Roald Dahl se met à écrire. Mais c'est seulement en 1960, après avoir publié pendant quinze ans des livres pour les adultes, qu'il débute dans la littérature pour la jeunesse avec *James et la grosse pêche* suivi de *Charlie et la chocolaterie*, puis d'une série de best-sellers parmi lesquels *Le Bon Gros Géant, Charlie et le grand ascenseur de verre, Matilda*... Roald Dahl a écrit ces livres dans une cabane, au fond du verger d'une maison qu'il partageait avec sa femme Liccy. Il est mort le 23 novembre 1990, mais son œuvre continue à séduire tous ceux qui ont su garder une âme d'enfant.

Michel Siméon est né à Paris. Auteur de nombreuses illustrations d'ouvrages pour la jeunesse (il a obtenu le prix Charles-Perrault pour les illustrations du *Baron perché* d'Italo Calvino), Michel Siméon est surtout un peintre qui expose souvent ses œuvres, tant en France qu'à l'étranger.

Henri Galeron, auteur de la couverture de *Charlie et la chocolaterie*, a deux passions dans la vie : les jouets mécaniques, qu'il collectionne amoureusement, et la pêche à la ligne. Ce qui ne l'empêche pas d'être un dessinateur aussi talentueux que prolifique. Pour Folio Junior, il a réalisé les couvertures de nombreux livres, parmi lesquels *La Merveilleuse Histoire de Peter Schlemihl* d'Adalbert von Chamisso, *Histoires naturelles* de Jules Renard et *L'enfant qui parlait aux animaux* de Roald Dahl.

Pour Theo.

Titre original :
Charlie and the chocolate factory
ISBN 2-07-033446-5

© Roald Dahl, pour le texte
© Éditions Gallimard, 1967, pour la traduction française et les illustrations
© Éditions Gallimard, 1987, pour la présente édition

Loi n° 49-956 du 16 juillet 1949
sur les publications destinées à la jeunesse

Dépôt légal : mai 1996
1er dépôt légal dans la même collection : septembre 1987
N° d'éditeur : 76533 - N° d'imprimeur : 72703

Imprimé en France sur les presses de l'Imprimerie Hérissey

Roald Dahl

Charlie et la chocolaterie

*Traduit de l'anglais
par Élisabeth Gaspar*

Illustrations de Michel Siméon

Gallimard

Voici
les cinq enfants
du livre

AUGUSTUS GLOOP
un petit garçon très gourmand

VERUCA SALT
une petite fille gâtée par ses parents

VIOLETTE BEAUREGARD
une petite fille qui passe ses journées
à mâcher du chewing-gum

MIKE TEAVEE
un petit garçon qui ne fait
que regarder la télévision, et

CHARLIE BUCKET
notre héros

Voici Charlie

Ce vieux monsieur et cette vieille dame sont les parents de Mr. Bucket. Ils s'appellent grand-papa Joc et grand-maman Joséphine.

Et voici deux autres vieux. Le père et la mère de Mrs. Bucket. Ils s'appellent grand-papa Georges et grand-maman Georgina.

Voici Mrs. Bucket.   Voici Mr. Bucket.
Mr. et Mrs. Bucket ont un petit garçon qui s'appelle Charlie Bucket.

Voici Charlie.

Bonjour, Charlie ! Bonjour, bonjour et re-bonjour.

Il est heureux de faire votre connaissance.

Toute cette gentille famille — les six grandes personnes (comptez-les !) et le petit Charlie Bucket — vivait réunie dans une petite maison de bois, en bordure d'une grande ville.

La maison était beaucoup trop petite pour abriter tant de monde et la vie y était tout sauf confortable. Deux pièces seulement et un seul lit. Ce lit était occupé par les quatre grands-parents, si vieux, si fatigués. Si fatigués qu'ils n'en sortaient jamais.

D'un côté, grand-papa Joe et grand-maman Joséphine. De l'autre, grand-papa Georges et grand-maman Georgina.

Quant à Charlie Bucket et ses parents, Mr. et Mrs. Bucket, ils dormaient dans l'autre pièce, par terre, sur des matelas.

En été, ce n'était pas bien grave. Mais en hiver, des courants d'air glacés balayaient le sol, toute la nuit. Et cela, c'était effrayant.

Pas question d'acheter une maison plus confortable, ni même un autre lit. Ils étaient bien trop pauvres pour cela.

Mr. Bucket était le seul, dans cette famille, à avoir un emploi. Il travaillait dans une fabrique de pâte dentifrice.

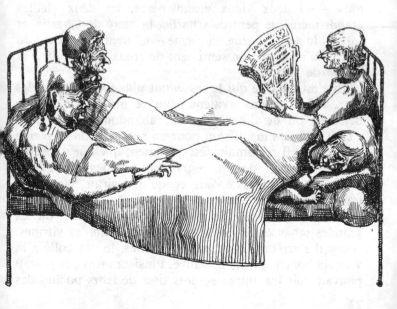

Assis sur un banc, il passait ses journées à visser les petits capuchons sur les tubes de dentifrice. Mais un visseur de capuchons sur tubes de dentifrice est toujours très mal payé, et le pauvre Mr. Bucket avait beau travailler très dur et visser ses capuchons à toute vitesse, il ne parvenait jamais à gagner assez pour acheter seulement la moitié de ce qui aurait été indispensable à une si nombreuse famille. Pas même assez pour nourrir convenablement tout ce petit monde. Rien que du pain et de la margarine pour le petit déjeuner, des pommes de terre bouillies et des choux pour le déjeuner, et de la soupe aux choux pour le repas du soir. Le dimanche, ils mangeaient un peu mieux. C'est pourquoi ils attendaient toujours le dimanche avec impatience. Car ce jour, bien que le menu fût exactement le même, chacun avait droit à une seconde portion.

Bien sûr, les Bucket ne mouraient pas de faim, mais tous — les deux vieux grands-pères, les deux vieilles grands-mères, le père de Charlie, la mère de Charlie, et surtout le petit Charlie lui-même — allaient et venaient du matin au soir avec un sentiment de creux terrible dans la région de l'estomac.

Et c'est Charlie qui le ressentait plus fort que tous les autres. Ses parents avaient beau se priver souvent de déjeuner ou de dîner pour lui abandonner leur part, c'était toujours insuffisant pour un petit garçon en pleine croissance. Il réclamait désespérément quelque chose de plus nourrissant, de plus réjouissant que des choux et de la soupe aux choux. Mais ce qu'il désirait par-dessus tout, c'était... DU CHOCOLAT.

En allant à l'école, le matin, Charlie pouvait voir les grandes tablettes de chocolat empilées dans les vitrines. Alors il s'arrêtait, les yeux écarquillés, le nez collé à la vitre, la bouche pleine de salive. Plusieurs fois par jour, il pouvait voir les autres enfants tirer de leurs poches des bâtons de chocolat pour les croquer goulûment. Ce qui, naturellement, était pour lui une véritable torture.

Une fois par an seulement, le jour de son anniversaire, Charlie Bucket avait droit à un peu de chocolat. Toute la famille faisait des économies en prévision de cette fête exceptionnelle et, le grand jour arrivé, Charlie se voyait offrir un petit bâton de chocolat, pour lui tout seul. Et à chaque fois, en ce merveilleux matin d'anniversaire, il plaçait le bâton avec soin dans une petite caisse de bois pour le conserver précieusement comme une barre d'or massif ; puis, pendant quelques jours, il se contentait de le regarder sans même oser y toucher. Puis, enfin, quand il n'en pouvait plus, il retirait un tout petit bout de papier, du coin, découvrant un tout petit bout de chocolat, et puis il prenait ce petit bout, juste de quoi grignoter, pour le laisser fondre doucement sur sa langue. Le lendemain, il croquait un autre petit bout, et ainsi de suite, et ainsi de suite. C'est ainsi que Charlie faisait durer plus d'un mois le précieux cadeau d'anniversaire qu'était ce petit bâton de chocolat à deux sous.

Mais je ne vous ai pas encore dit ce qui torturait plus que toute autre chose l'amateur de chocolat qu'était le petit Charlie. Et cette torture-là était bien pire que la vue des tablettes de chocolat dans les vitrines ou le spectacle des enfants qui croquaient leurs confiseries sous son nez. Vous n'imaginerez pas de plus monstrueux supplice :

Dans la ville même, bien visible depuis la maison où habitait Charlie, se trouvait une ÉNORME CHOCOLATERIE !

Imaginez un peu !

Et ce n'était même pas une chocolaterie ordinaire. C'était la plus importante et la plus célèbre du monde entier ! C'était la CHOCOLATERIE WONKA, propriété d'un monsieur nommé Mr. Willy Wonka, le plus grand inventeur et fabricant de chocolat de tous les temps. Et quel endroit merveilleux, fantastique ! De grandes portes de fer, un haut mur circulaire, des cheminées crachant des paquets de fumée, d'étranges sifflements venant du fond du bâtiment. Et dehors, tout autour des murs, dans un secteur de près d'un kilomètre, l'air embaumait d'un riche et capiteux parfum de chocolat fondant !

Deux fois par jour, sur le chemin de l'école, puis au retour, le petit Charlie Bucket passait devant les portes de la chocolaterie. Et, chaque fois, il se mettait à marcher très très lentement, le nez en l'air, pour mieux respirer cette délicieuse odeur de chocolat qui flottait autour de lui.

Oh ! comme il aimait cette odeur !

Et comme il rêvait de faire un tour à l'intérieur de la chocolaterie, pour voir à quoi elle ressemblait !

La chocolaterie de Mr. Willy Wonka

Le soir, après avoir mangé sa soupe aux choux noyée d'eau, Charlie allait toujours dans la chambre de ses quatre grands-parents pour écouter leurs histoires, et pour leur souhaiter bonne nuit.

Chacun d'eux avait plus de quatre-vingt-dix ans. Ils étaient fripés comme des pruneaux secs, ossus comme des squelettes et, toute la journée, jusqu'à l'apparition de Charlie, ils se pelotonnaient dans leur lit, deux de chaque côté, coiffés de bonnets de nuit pour leur tenir chaud, passant le temps à ne rien faire. Mais dès qu'ils enten-

24

daient la porte s'ouvrir, puis la voix du petit Charlie qui disait : « Bonsoir, grand-papa Joe et grand-maman Joséphine, bonsoir, grand-papa Georges et grand-maman Georgina », tous les quatre se dressaient dans leur lit, leurs vieilles figures ridées lui souriaient, illuminées de plaisir — et ils commençaient à lui raconter des histoires. Car ils aimaient beaucoup le petit garçon. Il était leur seule joie, et, toute la journée, ils attendaient impatiemment l'heure de sa visite. Souvent, ses parents l'accompagnaient, et, debout dans l'encadrement de la porte, ils écoutaient les histoires des grands-parents ; ainsi, chaque soir, pendant une demi-heure environ, la chambre devenait un endroit joyeux et toute la famille oubliait la faim et la misère.

Un soir, en venant voir ses grands-parents, Charlie leur dit : « Est-il bien vrai que la Chocolaterie Wonka est la plus grande du monde ?

— Si c'est vrai ? s'écrièrent-ils en chœur. Bien sûr que c'est vrai ! Bonté divine, tu ne le savais donc pas ? Elle est à peu près cinquante fois plus grande que toutes les autres !

— Et Mr. Willy Wonka est-il *vraiment* le plus habile de tous les fabricants de chocolat ?

— Mon garçon, dit grand-papa Joe en se soulevant sur son oreiller, Mr. Willy Wonka est le chocolatier le plus *fascinant*, le plus *fantastique*, le plus *extraordinaire* que le monde ait jamais vu ! Je croyais que *tout le monde* savait cela !

— Je savais qu'il était célèbre, grand-papa Joe, et je savais aussi qu'il était très habile...

— *Habile !* s'écria le vieil homme. Il est beaucoup plus que ça ! C'est un *magicien* du chocolat ! Il sait *tout* faire — tout ce qu'il veut ! Pas vrai, mes amis ? »

Les trois autres vieux se mirent à branler doucement la tête, et ils dirent : « *C'est absolument* vrai. Rien n'est plus vrai. »

Et grand-papa Joe dit : « Tu veux dire que je ne t'ai jamais parlé de Mr. Willy Wonka et de sa chocolaterie ?

— Jamais, répondit le petit Charlie.

— Bonté divine ! Où avais-je la tête ?

— Veux-tu m'en parler maintenant, grand-papa Joe, s'il te plaît ?

— Certainement. Viens t'asseoir près de moi sur le lit, mon petit, et écoute-moi bien. »

Grand-papa Joe était le plus vieux des quatre grands-parents. Il avait quatre-vingt-seize ans et demi, et il est très difficile d'être plus vieux que lui. Comme toutes les personnes extrêmement âgées, il était fragile et de santé délicate. Dans la journée, il parlait à peine. Mais le soir, en présence de Charlie, son petit-fils bien-aimé, il semblait rajeunir comme par miracle. Toute fatigue le quittait et il devenait vif et remuant comme un jeune garçon.

« Oh ! quel homme, ce Mr. Willy Wonka ! s'écria grand-papa Joe. Est-ce que tu savais, par exemple, qu'il a inventé à lui seul plus de deux cents nouvelles variétés de bâtons de chocolat, chacun fourré de façon différente, plus sucrés, plus onctueux, plus délicieux les uns que les autres ? Aucun autre chocolatier ne peut en faire autant !

— C'est la vérité ! cria grand-maman Joséphine. Et il les expédie aux quatre coins de la terre ! N'est-ce pas vrai, grand-papa Joe ?

— C'est vrai, ma chère, c'est vrai. Il en envoie à tous les rois et à tous les présidents du monde entier. Mais il ne fait pas seulement des bâtons de chocolat. Oh ! mon Dieu, il fait mieux ! Il a plus d'un tour dans son sac, cet étonnant Mr. Willy Wonka ! Sais-tu qu'il a inventé un procédé permettant à la glace au chocolat de rester froide pendant des heures et des heures sans qu'on ait besoin de la mettre au frigo ? On peut même l'exposer au soleil, toute la matinée, un jour de grande chaleur, et elle ne fondra pas !

— Mais c'est *impossible !* dit le petit Charlie en ouvrant des yeux tout ronds sur son grand-père.

— Bien sûr que c'est impossible ! s'écria grand-papa Joe. C'est même tout à fait *absurde !* Mais Mr. Willy Wonka le peut ! ·

— C'est juste ! approuvèrent les autres en inclinant la tête. Mr. Wonka le peut.

— Et puis, reprit grand-papa Joe en parlant très lentement pour que Charlie ne perdît pas un mot de ce qu'il disait, Mr. Willy Wonka sait faire des pâtes de guimauve parfumées à la violette, et des caramels mous qui changent de couleur toutes les dix secondes quand on les suce, et des bonbons feuilletés qui fondent délicieusement dès qu'on les prend entre ses lèvres. Il fabrique du chewing-gum qui ne perd jamais son goût, et des ballons en pâte de fruits qui deviennent énormes quand on souffle dedans, puis on les pique avec une épingle et on les avale. Et puis, il a une méthode secrète pour faire de beaux œufs d'oiseau bleus, tachés de noir, et si on en prend un dans la bouche, il devient de plus en plus petit jusqu'à ce que, soudain, il ne vous en reste qu'un minuscule bébé oiseau tout rose, en sucre, perché au bout de la langue. »

Grand-papa Joe se tut un instant pour se passer lentement le bout de la langue sur les lèvres. « Rien qu'à y penser, j'ai l'eau à la bouche, dit-il.

— Moi aussi, dit le petit Charlie. Mais continue, s'il te plaît ! »

Tandis qu'ils parlaient. Mr. et Mrs. Bucket, les parents de Charlie, étaient entrés sur la pointe des pieds. Tous deux se tenaient près de la porte et écoutaient.

« Raconte à Charlie l'histoire de ce prince indien fou, dit grand-maman Joséphine. Il l'aimera bien.

— Tu veux parler du prince Pondichéry ? dit grand-papa Joe, puis il éclata de rire.

— *Complètement* toqué ! dit grand-papa Georges.

— Mais *très* riche, dit grand-maman Georgina.

— Qu'est-ce qu'il a fait ? demanda vivement Charlie.

— Tu le sauras, dit grand-papa Joe, écoute-moi bien. »

Mr. Wonka et le prince indien

« Le prince Pondichéry écrivit à Mr. Willy Wonka, dit grand-papa Joe, pour lui demander de venir d'urgence en Inde, afin de lui bâtir un immense palais, tout en chocolat.

— Et Mr. Wonka l'a-t-il bâti, grand-papa ?

— Il l'a bâti. Et quel palais ! Il avait une centaine de chambres, et *tout* y était en chocolat, tantôt clair, tantôt sombre ! Les briques étaient en chocolat, le ciment qui les faisait tenir était en chocolat, les fenêtres étaient en chocolat, tous les murs et tous les plafonds étaient faits de chocolat, ainsi que les tapis, les tableaux, les meubles et les lits ; et quand on ouvrait les robinets de la salle de bains, il en coulait du chocolat chaud.

« Lorsque tout fut terminé, Mr. Wonka dit au prince Pondichéry : "Mais je vous préviens, tout cela risque de ne pas durer très longtemps, vous feriez donc mieux de le manger sans trop attendre.

« — Insensé ! hurla le prince. Je ne mangerai pas mon palais ! Je ne grignoterai même pas l'escalier, je ne lécherai même pas les murs ! Je m'y installerai !"

« Mais, naturellement, Mr. Wonka avait raison, car peu après, il y eut un jour de très grande chaleur. Le

soleil cuisait fort et tout le palais se mit à fondre, puis à s'écrouler en douceur, et ce fou de prince qui somnolait dans sa salle de séjour se réveilla, flottant au milieu d'un grand lac brun et onctueux, un lac de chocolat. »

Assis bien tranquille sur le bord du lit, le petit Charlie avait les yeux fixés sur son grand-père. Son visage était tout illuminé, et ses yeux si grands ouverts qu'on pouvait en voir le blanc, tout autour. « Est-ce que c'est bien vrai, tout ça ? demanda-t-il. Ne me fais-tu pas marcher ?

— C'est la vérité ! crièrent les quatre vieux en chœur. Bien sûr que c'est la vérité ! Demande à qui tu voudras !

— Et ce n'est pas tout », dit grand-papa Joe. Il se pencha plus près de Charlie et baissa la voix pour chuchoter confidentiellement : « *Personne... n'en... sort... jamais !*

— Mais d'où ? demanda Charlie.

— *Et... personne... n'y... entre... jamais !*

— Où ça ? cria Charlie.

— Je parle de la chocolaterie Wonka, voyons !

— Que veux-tu dire, grand-papa ?

— Je parle des *ouvriers,* Charlie.

— Des ouvriers ?

— Toutes les usines, dit grand-papa Joe, ont des ouvriers qui arrivent en foule le matin et qui repartent le soir — toutes les usines sauf la chocolaterie Wonka ! As-tu jamais vu une seule personne y entrer — ou en sortir ?

Le petit Charlie interrogea lentement du regard les quatre vieux visages, l'un après l'autre, et ils répondirent à son regard, graves et souriants à la fois. Personne n'avait l'air de plaisanter ou de se moquer de lui.

« Eh bien ? En as-tu vu ? demanda grand-papa Joe.

— Je... je ne sais pas, grand-papa, balbutia Charlie. Quand je passe devant l'usine, les portes ont toujours l'air d'être fermées.

— Exactement ! dit grand-papa Joe.

— Mais il doit bien y avoir des gens qui travaillent...

— Pas des *gens,* Charlie. Pas des gens *ordinaires,* en tout cas.

— Alors, qui ? cria Charlie.

— Ah-ha... Nous y voilà... C'est là une autre astuce de Mr. Willy Wonka.

— Mon petit Charlie, appela Mrs. Bucket depuis la porte, il est temps d'aller te coucher. Ça suffit pour ce soir.

— Mais, maman, je *veux* savoir...

— Demain, mon chéri...

— C'est ça, dit grand-papa Joe. Tu connaîtras la suite demain soir. »

Les ouvriers mystérieux

Le lendemain, grand-papa Joe raconta la suite de son histoire.

« Vois-tu, Charlie, dit-il, il n'y a pas si longtemps, la chocolaterie de Mr. Willy Wonka comptait des milliers d'ouvriers. Puis un jour, soudain, Mr. Wonka dut les prier tous de rentrer chez eux, de ne jamais revenir.

— Mais pourquoi ? demanda Charlie.

— A cause des espions.

— Des espions ?

— Oui. Car tous les autres chocolatiers s'étaient mis à jalouser les merveilleuses confiseries que fabriquait Mr. Wonka, et à lui envoyer des espions pour lui voler ses recettes. Les espions se firent embaucher par la chocolaterie Wonka en se faisant passer pour de simples ouvriers, et cela leur permit, pendant qu'ils y étaient, d'étudier de quoi étaient faites certaines de ses spécialités.

— Et puis ils retournaient à leurs propres usines pour tout raconter ? demanda Charlie.

— Je le pense, répondit grand-papa Joe, puisque, peu après, la chocolaterie Fickelgruber s'était mise à fabriquer une crème glacée qui ne fondait jamais, même par la plus grande chaleur. Puis la chocolaterie Prodnose sortit une gomme à mâcher qui ne perdait jamais sa saveur, même après des heures de mastication. Et puis la chocolaterie Slugworth s'est mise à fabriquer des ballons de confiserie gonflables et crevables avant d'être consommés. Et ainsi de suite, et ainsi de suite. Et Mr. Willy Wonka tira sur sa barbe et hurla : "C'est épouvantable ! Je vais être ruiné ! Des espions partout ! Je serai obligé de fermer mon usine !"

— Mais il ne l'a pas fermée ! dit Charlie.

— Mais si, il l'a fermée. Après avoir dit à tous ses ouvriers qu'il était navré, mais qu'ils devaient rentrer chez eux, il a fermé la porte cochère et l'a attachée avec une chaîne. Et soudain, la gigantesque chocolaterie Wonka était devenue silencieuse et déserte. Les cheminées avaient cessé de fumer, les machines de ronronner et à partir de ce fameux jour, on n'y fabriquait plus un bonbon, plus une bouchée de chocolat. Plus personne n'entrait ni ne sortait. Pas un chat. Quant à Mr. Willy Wonka, il disparut complètement.

« Des mois et des mois passèrent, poursuivit grand-papa Joe, mais la chocolaterie était toujours fermée. Et tout le monde disait : "Pauvre Mr. Wonka. Il était si gentil. Et il faisait de si merveilleuses sucreries. Le voilà ruiné. Tout est fini !"

« Puis il arriva quelque chose d'étonnant. Un jour, de bon matin, on voyait cinq panaches de fumée blanche sortir des grandes cheminées de la chocolaterie ! Les passants s'arrêtaient en écarquillant les yeux ! "Que se passe-t-il ! s'écrièrent les gens. Quelqu'un a allumé les fourneaux ! Mr. Wonka a dû rouvrir son usine !" Ils coururent aux portes, s'attendant à les trouver grandes ouvertes, et à y voir Mr. Wonka en train de souhaiter la bienvenue à ses anciens ouvriers.

« Mais non ! Les grandes portes de fer étaient cadenassées plus hermétiquement que jamais et Mr. Wonka, lui, demeurait invisible.

« "Mais la chocolaterie fonctionne ! crièrent les gens. Écoutez les machines ! Elles bourdonnent de nouveau ! Et on sent partout cette odeur de chocolat fondu !" »

Grand-papa Joe se pencha en avant et posa un long doigt décharné sur le genou de Charlie. Puis il dit à voix basse : « Mais ce qu'il y avait de plus mystérieux, Charlie, c'étaient les ombres qu'on apercevait par les fenêtres de l'usine. Car les gens qui marchaient dans la rue pouvaient voir de petites ombres noires qui se déplaçaient derrière les vitres dépolies.

— Les ombres de qui ? demanda vivement Charlie.

— C'est exactement ce que tout le monde voulait savoir. "L'usine est pleine d'ouvriers ! criaient les gens. Pourtant, personne n'est entré ! Les portes sont verrouillées ! C'est insensé ! Et personne ne sort jamais !"

« Mais ce qui ne faisait plus de doute, dit grand-papa Joe, c'est que la chocolaterie fonctionnait. Et pendant les dix dernières années, elle ne devait plus s'arrêter. Et, qui plus est, ses chocolats et ses bonbons étaient encore plus fantastiques, encore plus délicieux qu'avant. Et, naturellement, quand Mr. Wonka invente maintenant une nouvelle et merveilleuse variété de confiserie, ni Mr. Fickelgruber, ni Mr. Prodnose, ni Mr. Slugworth, ni qui que ce soit n'arrive à le copier. Leurs espions ne peuvent plus pénétrer dans l'usine pour s'emparer de la recette.

— Mais *qui*, grand-papa, s'écria Charlie, *qui* est-ce qui travaille maintenant pour Mr. Wonka ?

— On n'en sait rien, Charlie.

— Mais c'est *absurde* ! Personne n'a donc essayé de le demander à Mr. Wonka ?

— Plus personne ne le voit. Il ne sort jamais. Seuls les chocolats et les bonbons sortent de cette usine. Ils en sortent par une trappe spéciale, emballés et libellés, et des camions postaux viennent les chercher tous les jours.

— Mais, grand-papa, qu'est-ce que c'est que ces gens qui travaillent là-dedans ?

— Mon garçon, dit grand-papa Joe, c'est là un des grands mystères du monde chocolatier. Quant à nous autres, nous n'en savons qu'une chose. Ils sont très petits. Les vagues silhouettes qui apparaissent quelquefois derrière les vitres, surtout la nuit quand les lampes sont allumées, ce sont des silhouettes de personnages très petits, pas plus gros qu'un poing...

— Des gens comme ça, ça n'existe pas », dit Charlie.

A cet instant, Mr. Bucket, le père de Charlie, entra dans la pièce. Il rentrait de sa fabrique de dentifrice, en brandissant, l'air plutôt excité, un journal du soir. « Connaissez-vous la dernière nouvelle ? » cria-t-il. Il déploya le journal, et ils virent le gros titre. Ce titre disait :

JOURNAL
DU SOIR

LA CHOCOLATERIE
WONKA
OUYRIRA SES PORTES
A QUELQUES ELUS

CHOCOLATERIE

Les tickets d'or

« Tu veux dire que le public aura accès à la chocola-terie ? cria grand-papa Joe. Lis-nous cet article... vite !
— Bien, dit Mr. Bucket en passant la main sur le jour-nal. Ecoutez. »

TICKET D'OR
WONKA

JE SOUSSIGNÉ WILLY WONKA AI DÉCIDÉ DE PERMETTRE A
CINQ ENFANTS — CINQ ET PAS PLUS, RETENEZ-LE BIEN — DE
VISITER MA CHOCOLATERIE CETTE ANNÉE. CES CINQ ÉLUS FERONT
LE TOUR DE L'ÉTABLISSEMENT, PILOTÉS PAR MOI-MÊME, ET SERONT
INITIÉS A TOUS SES SECRETS, A TOUTE SA MAGIE. PUIS, EN FIN
DE TOURNÉE, TOUS AURONT DROIT A UN CADEAU SPÉCIAL : IL LEUR
SERA FAIT DON D'UNE QUANTITÉ DE CHOCOLATS ET DE BONBONS
QUI DEVRA SUFFIRE JUSQU'A LA FIN DE LEURS JOURS! ENFANTS,
CHERCHEZ BIEN VOS TICKETS D'OR! CINQ TICKETS D'OR ONT ÉTÉ
IMPRIMÉS SUR PAPIER D'OR, ET CES CINQ TICKETS D'OR SONT CACHÉS
DANS LE PAPIER D'EMBALLAGE ORDINAIRE DE CINQ BATONS ORDINAIRES
DE CHOCOLAT. CES CINQ BATONS SERONT TROUVABLES N'IMPORTE OU
— DANS N'IMPORTE QUELLE BOUTIQUE DE N'IMPORTE QUELLE RUE,
DANS N'IMPORTE QUELLE VILLE DE N'IMPORTE QUEL PAYS DU
MONDE — PARTOUT OU SONT VENDUES LES CONFISERIES WONKA. ET
LES CINQ HEUREUX GAGNANTS DE CES CINQ TICKETS D'OR SERONT LES
SEULS A POUVOIR VISITER MA CHOCOLATERIE, EUX SEULS VERRONT
COMMENT ELLE SE PRÉSENTE MAINTENANT A L'INTÉRIEUR!
BONNE CHANCE A TOUS, ET BON COURAGE!

SIGNÉ *Willy Wonka*

« Il est fou ! grommela grand-maman Joséphine.

— C'est un génie ! s'écria grand-papa Joe. C'est un magicien ! Pensez ce qui va arriver maintenant ! Le monde entier fera la chasse aux tickets d'or ! Tout le monde achètera les bâtons de chocolat Wonka, dans l'espoir d'en trouver un ! Il en vendra plus que jamais ! Oh ! Comme ce serait passionnant de trouver un ticket d'or !

— Et tous ces chocolats, tous ces bonbons qu'on pourrait manger pour le reste de nos jours — gratuitement ! dit grand-papa Georges. Imaginez un peu !

— Il devra les livrer à domicile, en camion ! dit grand-maman Georgina.

— Rien qu'à y penser, j'ai mal au cœur, dit grand-maman Joséphine.

— Sottises ! cria grand-papa Joe. Qu'est-ce que tu dirais, Charlie, si tu trouvais un ticket d'or dans un bâton de chocolat ? Un ticket d'or tout brillant ?

— Ce serait épatant, grand-papa. Mais c'est sans espoir, dit tristement Charlie. On ne m'offre qu'un bâton par an.

— Sait-on jamais, mon chéri, dit grand-maman Georgina. La semaine prochaine, c'est ton anniversaire. Tu as autant de chances que les autres.

— J'ai bien peur que ce ne soit pas vrai, dit grand-papa Georges. Les gosses qui trouveront les tickets d'or seront de ceux qui peuvent s'offrir des bâtons de chocolat tous les jours. Notre Charlie n'en a qu'un par an. C'est sans espoir. »

Les deux
premiers gagnants

Pas plus tard que le lendemain, le premier ticket d'or fut trouvé. Trouvé par un petit garçon nommé Augustus Gloop. Le journal du soir de Mr. Bucket publiait une importante photo de lui en première page. Cette photo représentait un garçon de neuf ans, si gros et si gras qu'il avait l'air gonflé par une pompe extra-puissante. Tout flasque et tout en bourrelets de graisse. Avec une figure comme une monstrueuse boule de pâte, et des yeux perçants comme des raisins secs, scrutant le monde avec malveillance. La ville où habitait Augustus Gloop, disait le journal, fêtait son héros, folle de joie et d'émotion. Des drapeaux flottaient à toutes les fenêtres, les enfants n'allaient pas en classe, et une parade allait être organisée en l'honneur du glorieux jeune homme.

« Je savais bien qu'Augustus trouverait un ticket d'or, avait confié sa mère aux journalistes. Il mange tant de bâtons de chocolat par jour qu'il aurait été presque impossible qu'il n'en trouvât pas. Manger, c'est son dada, que voulez-vous ? C'est tout ce qui l'intéresse. Après tout, ça vaut mieux que d'être un blouson noir et de passer son temps à tirer des coups de pistolet, n'est-ce pas ? Tout ce que je peux vous dire, c'est qu'il ne mangerait certainement pas autant si son organisme ne le réclamait pas, qu'en pensez-vous ? Il lui faut des vitamines, à ce petit. Comme ce sera émouvant pour lui de visiter la merveilleuse chocolaterie Wonka ! Nous sommes très fiers de lui ! »

« Quelle femme révoltante, dit grand-maman Joséphine.

— Et quel petit garçon répugnant, dit grand-maman Georgina.

— Plus que quatre tickets d'or, dit grand-papa Georges. Je me demande qui les trouvera. »

A présent, dans tout le pays, que dis-je, dans le monde entier, c'était la ruée vers les bâtons de chocolat. Tout le monde cherchait avec frénésie les précieux tickets qui restaient à trouver. On voyait des femmes adultes entrer dans des boutiques de confiserie pour acheter dix bâtons de chocolat Wonka à la fois. Puis elles déchiraient le papier comme des folles et l'examinaient, avides d'apercevoir un éclair de papier doré. Les enfants cassaient leurs tirelires à coups de marteau, puis, les mains pleines de monnaie, ils se précipitaient dans les magasins. Dans une ville, un fameux gangster cambriola une banque pour acheter, le jour même, cinq mille dollars de bâtons de chocolat. Et lorsque la police vint l'arrêter, elle le trouva assis par terre, parmi des montagnes de chocolat, en train de fendre l'emballage avec la lame de son surin. Dans la lointaine Russie, une femme nommée Charlotte Russe prétendit avoir trouvé le second ticket, mais on devait apprendre aussitôt que ce n'était qu'un astucieux trucage. En Angleterre, un illustre savant, le professeur Foulbody, inventa une machine capable de dire, sans déchirer le papier, s'il y avait, oui ou non, un ticket d'or dans un bâton de chocolat. Cette machine avait un bras mécanique qui sortait avec une force infernale pour saisir sur-le-champ tout ce qui contenait le moindre gramme d'or. Pendant un moment, on crut y voir une solution. Mais, par malheur, alors que le professeur présentait sa machine au public, au rayon chocolat d'un grand magasin, le bras mécanique sortit et arracha le plombage d'or de la molaire d'une duchesse qui se trouvait là par hasard. Il y eut une très vilaine scène, et la machine fut mise en pièces par la foule.

Soudain, la veille de l'anniversaire de Charlie, les journaux annoncèrent que le second ticket venait d'être trouvé. L'heureuse gagnante était une petite fille nommée Veruca Salt, qui vivait avec ses parents dans une grande ville lointaine. Une nouvelle fois, le journal de Mr. Bucket publiait une photo en première page. La gagnante y était assise entre ses parents radieux dans la salle de séjour de leur maison, brandissant le ticket au-dessus de sa tête, le visage fendu d'une oreille à l'autre par un large sourire.

Le père de Veruca, Mr. Salt, expliqua avec empressement aux journalistes comment le ticket avait été trouvé. « Voyez-vous, mes amis, dit-il, quand ma petite fille m'a dit qu'il lui fallait un ticket d'or à tout prix, j'ai couru en ville pour acheter tout le stock de bâtons de chocolat. Des milliers de bâtons, je crois. Des centaines de milliers ! Puis je les ai fait charger sur des camions pour les envoyer directement à ma *propre* usine. Pour ne rien vous cacher, je suis dans les cacahuètes, et j'ai à mon service une centaine d'ouvrières. Elles décortiquent les cacahuètes qui sont ensuite grillées et salées. Toute la journée, elles décortiquent les cacahuètes. Alors je leur ai dit : "Eh bien, les filles, désormais, au lieu de décortiquer des cacahuètes, vous dépouillerez ces petits bâtons de chocolat de rien du tout !" Et elles se sont mises au travail. Du matin au soir, fidèles au poste, elles retiraient le papier de ces bâtons de chocolat.

« Trois jours ont passé ainsi, mais toujours rien, pas de chance. Oh ! c'était terrible ! Ma petite Veruca se désolait de plus en plus, et chaque fois que je rentrais à la maison, elle me recevait avec des cris » "Où est mon ticket d'or ?

Je veux mon ticket d'or !" Et elle restait couchée par terre, en gigotant et en hurlant de façon extrêmement gênante. Eh bien, monsieur, je ne pouvais plus voir souffrir ainsi ma petite fille, c'est pourquoi j'ai juré de poursuivre mes recherches jusqu'au moment où je pourrais lui apporter ce qu'elle désirait. Puis soudain... vers la fin du quatrième jour, une de mes ouvrières s'écria : "Tiens ! Un ticket d'or !" Et j'ai dit : "Donnez-le-moi, vite !" Et elle me l'a donné, et je me suis précipité à la maison pour le remettre à ma petite Veruca chérie, et maintenant elle est tout sourire, et la maison a retrouvé son calme. »

« Elle est encore pire que le gros garçon, dit grand-maman Joséphine.

— Elle mérite une bonne fessée, dit grand-maman Georgina.

— Je trouve que le père de la petite fille n'a pas joué franc jeu, qu'en penses-tu grand-papa ? murmura Charlie.

— Il la gâte trop, dit grand-papa Joe. Et, crois-moi, Charlie, c'est toujours dangereux de trop gâter les enfants.

— Viens dormir mon chéri, dit la mère de Charlie. Demain c'est ton anniversaire, ne l'oublie pas. Je suppose que tu seras levé de bonne heure pour dépouiller ton cadeau.

— Un bâton de chocolat Wonka ! s'écria Charlie. C'est un bâton Wonka, n'est-ce pas ?

— Oui, mon chéri, dit la mère. Naturellement.

— Oh ! Ne serait-ce pas magnifique si j'y trouvais le troisième ticket d'or ? dit Charlie.

— Apporte-le quand tu l'auras, dit grand-papa Joe. Comme ça, nous assisterons tous au déballage. »

L'anniversaire de Charlie

« Bon anniversaire ! » s'écrièrent les quatre vieux grands-parents lorsque, le lendemain, de bonne heure, Charlie entra dans leur chambre.

Il sourit nerveusement et s'assit à leur chevet. Entre ses mains, il tenait avec précaution son cadeau, son seul cadeau. Sur le papier d'emballage, on lisait :

SUPER-DÉLICE FONDANT WONKA
A LA GUIMAUVE

Les quatre vieux, deux à chaque bout du lit, se soulevèrent sur leurs oreillers et regardèrent, les yeux pleins d'anxiété, le bâton de confiserie dans les mains de Charlie.

Le silence se fit dans la chambre. Tout le monde attendait l'instant où Charlie se mettrait à déballer son cadeau. Charlie, lui, gardait les yeux baissés sur le bâton. Lentement, il y promenait les doigts, caressant amoureusement le papier brillant qui émettait, dans le silence de la chambre, de petits bruissements secs.

Puis Mrs. Bucket dit doucement : « Ne sois pas trop déçu, mon chéri, si tu ne trouves pas ce que tu cherches dans ce paquet. Tu ne peux pas t'attendre à tant de chance.

— Elle a raison » dit Mr. Bucket.

Charlie, lui, ne dit rien.

« Après tout, dit grand-maman Joséphine, il ne reste que trois tickets à trouver dans le monde entier.

— Et n'oublie pas que, quoi qu'il arrive, il te reste toujours ton bâton de chocolat, dit grand-maman Georgina.

— Du super-délice fondant Wonka à la guimauve ! s'écria grand-papa Georges. C'est ce qu'il y a de mieux ! Tu te régaleras !

— Oui, souffla Charlie. Je sais.

— Tu n'as qu'à oublier cette histoire de tickets d'or. Vas-y, goûte à ton bâton, dit grand-papa Joe. Qu'est-ce que tu attends ? »

Ils savaient tous combien il aurait été ridicule de s'attendre à ce que ce pauvre petit bâton de confiserie recelât un ticket magique, c'est pourquoi ils s'efforçaient, avec beaucoup de douceur et de gentillesse, de prévenir la déception qui attendait Charlie. Mais ce n'était pas tout. Car les grandes personnes savaient aussi que la chance, fût-elle infime, était là.

La chance devait bien y être.

Ce bâton-là avait autant de chances que n'importe quel autre de contenir un ticket d'or.

Et c'est pourquoi tous les grands-parents et parents qui se trouvaient dans la chambre étaient tout aussi émus, tout aussi crispés que Charlie, malgré leur effort de paraître très calmes.

« Vas-y, ouvre-le, tu arriveras en retard à l'école, dit grand-papa Joe.

— Vas-y, jette-toi à l'eau, dit grand-papa Georges.

— Ouvre-le, mon petit, dit grand-maman Georgina. Ouvre-le, veux-tu ? Tu me rends nerveuse. »

Très lentement, les doigts de Charlie se mirent à manipuler un coin de l'emballage.

Les vieux, dans leur lit, se penchèrent en avant en tendant leurs cous décharnés.

Puis, soudain, n'en pouvant plus, Charlie fendit d'un seul coup le papier, au milieu... et il vit tomber sur ses genoux... un petit bâton de chocolat au lait marron clair.

Pas le moindre ticket d'or.

« Eh bien... voilà ! dit joyeusement grand-papa Joe. C'est exactement ce qu'on attendait. »

Charlie leva la tête. Quatre bons vieux visages le regardaient avec attention. Il leur fit un sourire, un petit sourire triste, puis il haussa les épaules, ramassa son bâton de chocolat, le présenta à sa mère et dit :

« Tiens, maman, prends-en un peu. Nous allons partager. Je veux que tout le monde en mange.

— Pas question ! » dit la mère.

Et tous les autres crièrent : « Non, non ! Jamais de la vie ! Il est à toi seul !

— S'il vous plaît », supplia Charlie. Il se retourna et présenta le bâton à grand-papa Joe.

Mais ni lui ni personne n'en voulait.

« Va, mon chéri, dit Mrs. Bucket en entourant de son bras les épaules maigres de Charlie. Va en classe, tu seras en retard. »

Deux autres tickets d'or trouvés

Ce soir-là, le journal de Mr. Bucket annonçait la découverte non seulement du troisième, mais aussi du quatrième ticket d'or. DEUX TICKETS D'OR TROUVÉS AUJOURD'HUI, disaient en énormes caractères les manchettes. IL N'EN RESTE PLUS QU'UN.

« Parfait, dit grand-papa Joe lorsque toute la famille était réunie dans la chambre des vieux, après le dîner, voyons qui les a trouvés. »

« Le troisième ticket, lut Mr. Bucket en approchant le journal de ses yeux parce que sa vue était mauvaise et qu'il n'avait pas les moyens de s'offrir des lunettes, le troisième ticket a été trouvé par une demoiselle Violette Beauregard. L'agitation battait son plein chez les Beauregard lorsque notre envoyé arriva pour interviewer l'heureuse jeune personne — sous les déclics des caméras et dans la fumée des flashes, les gens se bousculaient et se poussaient du coude, dans l'espoir d'approcher la glorieuse fillette. Quant à la glorieuse fillette, elle se tenait debout sur une chaise de la salle de séjour, en brandissant éperdument le ticket d'or, comme pour arrêter un taxi. Elle parlait très vite et très fort à tout le monde, mais on avait du mal à la comprendre, car, tout en parlant, elle mâchait du chewing-gum avec férocité.

« "D'habitude, je mâche du chewing-gum, hurla-t-elle, mais quand j'ai entendu parler de ces tickets Wonka, j'ai quitté la gomme pour les bâtons de chocolat, dans l'espoir d'un coup de veine. Maintenant, bien sûr, je reviens à mon cher chewing-gum. Il faut bien que je vous dise que je l'adore. Je ne peux pas vivre sans chewing-gum. J'en mâche à longueur de journée, sauf au moment des repas. Alors je le sors et je le colle derrière mon oreille pour ne pas le perdre... Pour vous dire la stricte vérité, je ne me sentirais pas bien dans ma peau si je ne pouvais pas mâcher toute la journée mon petit bout de chewing-gum, vraiment. Ma mère dit que ça fait mal élevé et que ce n'est pas beau à voir, les mâchoires d'une petite fille qui remuent tout le temps, mais moi, je ne suis pas d'accord. Et de quel droit me critique-t-elle puisque, si vous voulez tout savoir, elle remue les mâchoires presque autant que moi, à force de me gronder toutes les trois minutes.

« — Voyons, Violette, dit Mrs. Beauregard, du haut du

piano où elle s'était réfugiée pour n'être pas écrasée par la foule.

« — Bon, bon, mère, ne t'emballe pas ! hurla Mlle Beauregard. Et maintenant, poursuivit-elle en se tournant

de nouveau vers les journalistes, vous serez peut-être inté-
ressés par le fait que le petit bout de gomme que je suis en
train de mâcher, je le travaille depuis trois mois fermes.
C'est un record, puisque je vous le dis. J'ai battu le record
que détenait jusque-là ma meilleure amie, Mlle Cornelia
Prinzmetel. Et c'est tout dire. Elle était furieuse. Maintenant, ce morceau de gomme, c'est ce que je possède de
plus précieux. La nuit, je le colle à une colonne de mon
lit, et le matin, il est tout aussi bon — un peu dur au
départ, mais il s'attendrit vite sous mes dents. Avant de
m'entraîner pour les championnats du monde, je changeais de gomme tous les jours. J'en changeais dans l'ascenseur, ou dans la rue, en rentrant de l'école. Pourquoi
l'ascenseur ? Parce que j'aimais bien coller le morceau
que je venais de finir à l'un des boutons qu'on presse pour
monter. Comme ça, la personne suivante qui appuyait
sur le bouton se collait ma vieille gomme au bout du
doigt. Ha ! ha ! C'est fou ce qu'ils faisaient comme bou-
can, les gens. Les plus drôles étaient les bonnes femmes,
avec leurs gants qui coûtent cher. Oh ! oui, ça me plaira
drôlement de visiter l'usine de Mr. Wonka. Pourvu qu'il
me donne du chewing-gum pour le reste de mes jours !
Youpi ! Hourra !" »

« Quelle sale gosse ! dit grand-maman Joséphine.

— Abominable ! dit grand-maman Georgina. Elle
finira mal si elle continue à mastiquer toute la journée,
vous allez voir.

— Et qui a trouvé le quatrième ticket, papa ? demanda
Charlie.

— Voyons un peu, dit Mr. Bucket en reprenant le journal. Ah ! oui, j'y suis. Le quatrième ticket d'or, lut-il, a
été trouvé par un garçon nommé Mike Teavee.

— Encore un mauvais garnement, je parie, grommela
grand-maman Joséphine.

— Ne l'interrompez pas, grand-mère, dit Mrs. Bucket.

— La maison des Teavee, poursuivit Mr. Bucket, était

48

bondée, tout comme les autres, de visiteurs fort agités, lors de l'arrivée de notre reporter, mais le jeune Mike Teavee, l'heureux gagnant, semblait extrêmement ennuyé par toute cette affaire. "Espèces d'idiots, ne voyez-vous pas que je suis en train de regarder la télévision ? dit-il d'une voix courroucée, je ne veux pas qu'on me dérange !"

« Le garçon qui est âgé de neuf ans était installé devant un énorme poste de télévision, les yeux collés à l'écran. Il regardait un film où une bande de gangsters tirait à coups de mitraillette sur une autre bande de gangsters. Mike Teavee lui-même n'avait pas moins de dix-huit pistolets d'enfant de toutes les tailles accrochés à des ceinturons tout autour de son corps, et, toutes les cinq minutes, il sautait en l'air pour tirer une demi-douzaine de coups, avec une de ses nombreuses armes.

« "Silence ! hurlait-il chaque fois que quelqu'un tentait de lui poser une question. Ne vous ai-je pas dit de ne pas me déranger ! Ce spectacle est d'une violence ! Il est formidable ! Je les regarde tous les jours. Je les regarde tous, tous les jours, même les plus miteux, où il n'y a pas de bagarre. Je préfère les gangsters. Ils sont formidables, les gangsters ! Surtout quand ils y vont de leurs pruneaux, ou de leurs stylets, ou de leurs coups de poing américains ! Oh ! nom d'une pipe, qu'est-ce que je ne donnerais pas pour être à leur place ! Ça, c'est une vie ! Formidable, quoi !"

— C'est assez ! dit sèchement grand-maman Joséphine. Je suis écœurée !

— Moi aussi, dit grand-maman Georgina. Est-ce que tous les enfants se conduisent comme ça, de nos jours... comme ces moutards dont parle le journal ?

— Bien sûr que non, dit Mr. Bucket en souriant à la vieille dame. Il y en a, cela est vrai. Il y en a même beaucoup. Mais pas *tous*.

— Et voilà qu'il ne reste *plus qu'un ticket !* dit grand-papa Georges.

— En effet, renifla grand-mère Georgina. Et, aussi sûr que je mangerai de la soupe aux choux demain soir, ce ticket ira encore à une vilaine petite brute qui ne le mérite pas ! »

Grand-papa Joe tente sa chance

Le lendemain, lorsque Charlie revint de l'école et entra dans la chambre de ses grands-parents, il ne trouva que grand-papa Joe réveillé. Les trois autres ronflaient bruyamment.

« Chut ! » dit tout bas grand-papa Joe, et il lui fit signe de venir plus près. Charlie traversa la pièce sur la pointe des pieds et s'arrêta près du lit. Le vieil homme lui fit un sourire malicieux, puis, d'une main il se mit à farfouiller sous l'oreiller ; et lorsque la main reparut, elle tenait entre les doigts une vieille bourse de cuir. Tout en la cachant sous le drap, le vieil homme ouvrit la bourse et la retourna. Il en tomba une pièce d'argent. « C'est mon magot, chuchota-t-il. Les autres n'en savent rien. Et maintenant, toi et moi, nous allons essayer une nouvelle fois de trouver le dernier ticket. Qu'en penses-tu ? Mais il faudra que tu m'aides.

— Es-tu sûr d'avoir envie d'y laisser tes économies, grand-papa ? chuchota Charlie.

— Tout à fait sûr ! lança le vieillard avec passion. Pas la peine de discuter ! J'ai une envie folle de trouver ce ticket, comme toi, exactement ! Tiens, prends cet argent, cours à la première boutique et achète le premier bâton de chocolat Wonka que tu vois, puis reviens et nous l'ouvrirons ensemble. »

Charlie prit la petite pièce d'argent et quitta rapidement la chambre. Au bout de cinq minutes, il était de retour.

« Ça y est ? » chuchota grand-papa Joe, les yeux brillant d'excitation.

Charlie acquiesça et lui montra le bâton de chocolat. SURPRISE CROUSTILLANTE WONKA AUX NOISETTES, disait l'enveloppe.

« Bien ! » dit le vieillard. Il se souleva dans son lit et se frotta les mains. « Maintenant, viens t'asseoir près de moi et nous allons l'ouvrir ensemble. Es-tu prêt ?

— Oui, dit Charlie. Je suis prêt.

— Bon. Commence à le défaire.

— Non, dit Charlie, c'est toi qui l'as payé. C'est à toi de l'ouvrir. »

Les doigts du vieil homme tremblaient épouvantablement lorsqu'il maniait avec maladresse le bâton de chocolat. « C'est sans espoir, vraiment, chuchota-t-il avec un petit rire nerveux. Tu sais que c'est sans espoir, n'est-ce pas ?

— Oui, dit Charlie. Je le sais. »

Ils échangèrent un regard. Puis tous deux se mirent à rire nerveusement.

« Remarque, dit grand-papa Joe, il y a quand même une toute petite chance que ce soit le bon, tu es bien d'accord ?

— Oui, dit Charlie. Bien sûr. Pourquoi ne l'ouvres-tu pas, grand-papa ?

— Chaque chose en son temps, mon garçon, chaque chose en son temps. Par quel bout dois-je commencer ? Qu'en penses-tu ?

— Celui-là. Celui qui est plus près de toi. Ne déchire

qu'un tout petit bout. Comme ça on ne verra encore rien.

— Comme ça ? dit le vieillard.

— Oui. Maintenant, un tout petit peu plus.

— Finis-le, dit grand-papa Joe. Je suis trop énervé.

— Non, grand-papa. C'est à toi de le finir.

— Très bien. J'y vais. » Il arracha l'enveloppe.

Tous deux ouvrirent de grands yeux.

Ce qu'ils virent était un bâton de chocolat. Rien de plus.

Soudain, tous deux prirent conscience de ce que la chose avait de comique, et ils éclatèrent de fou rire.

« Que diable faites-vous là ! s'écria grand-maman Joséphine, réveillée subitement.

— Rien, dit grand-papa Joe. Rien, allez, dormez. »

La famille commence à mourir de faim

Pendant les quinze jours suivants, il allait faire très froid. D'abord la neige se mit à tomber. Comme ça, tout d'un coup, un matin, au moment même où Charlie Bucket s'habillait pour aller en classe. Par la fenêtre, il vit les gros flocons qui tournoyaient lentement dans un ciel glacial et livide.

Le soir, une couche d'un mètre couvrait les alentours de la petite maison et Mr. Bucket dut percer un sentier de la porte jusqu'à la route.

Après la neige, ce fut le gel, le vent glacé. Il soufflait pendant des jours et des jours, sans cesse. Oh ! quel froid épouvantable ! Tout ce que touchait Charlie était comme de la glace et, dès qu'il passait la porte, il sentait le vent qui lui tailladait les joues, comme une lame de couteau.

Même à l'intérieur de la maison, on n'était pas à l'abri des bouffées d'air glacé qui entraient par toutes les fentes des portes et des fenêtres. Pas un coin douillet ! Les quatre vieux se pelotonnaient en silence dans leur lit, tentant de sauver leurs vieux os du froid impitoyable. L'agitation qu'avaient provoquée les tickets d'or était oubliée depuis longtemps. La famille n'avait que deux problèmes, deux problèmes capitaux : se chauffer et manger à sa faim.

Car le grand froid, ça vous donne une faim de loup. On se surprend alors en train de rêver éperdument de riches ragoûts tout fumants, de tartes aux pommes chaudes et de toutes sortes de plats délicieusement réchauffants ; et, sans même nous rendre compte, quelle chance nous avons ! Nous obtenons généralement ce que nous désirons... ou presque. Mais Charlie Bucket, lui, ne pouvait pas s'attendre à voir se réaliser ses rêves, car sa famille était bien trop pauvre pour lui offrir quoi que ce soit et, à mesure que persistait le froid, sa faim de loup grandissait désespérément. Des deux bâtons de chocolat, celui de son anniversaire et celui que lui avait payé grand-papa Joe, il ne restait plus rien depuis longtemps. Il n'avait plus droit qu'à trois maigres repas par jour, repas où dominaient les choux.

Puis, tout à coup, ces repas devinrent encore plus maigres.

Et cela pour la simple raison que la fabrique de dentifrice qui employait Mr. Bucket, ayant fait faillite, dut fermer ses portes. Mr. Bucket se mit aussitôt à la recherche d'un autre emploi. Mais la chance n'était pas avec lui. A la fin, pour gagner quelques sous, il dut accepter de pelleter la neige dans les rues. Mais il gagnait bien trop peu pour acheter le quart de la nourriture nécessaire à sept personnes. La situation devint désespérée. Le petit déjeuner se réduisait maintenant à un morceau de pain par personne, le déjeuner à une demi-pomme de terre à l'anglaise.

Lentement mais sûrement, toute la maisonnée commençait à mourir de faim.

Et tous les jours, en avançant péniblement dans la neige sur le chemin de l'école, le petit Charlie Bucket devait passer devant la gigantesque chocolaterie de Mr. Willy Wonka. Et tous les jours, à l'approche de la chocolaterie, il levait haut son petit nez pointu pour respirer la merveilleuse odeur sucrée de chocolat fondu. Parfois, il s'arrêtait devant la porte pendant plusieurs minutes pour respirer longuement, profondément, comme s'il tentait de se *nourrir* de ce délicieux parfum.

« Cet enfant, dit grand-papa Joe, par un matin glacial, en sortant la tête de dessous la couverture, cet enfant *doit* manger à sa faim. Nous autres, ce n'est pas pareil. Nous sommes vieux, c'est sans importance. Mais un garçon *en pleine croissance* ! Ça ne peut pas continuer ! Il ressemble de plus en plus à un squelette !

— Qu'est-ce qu'on peut faire ? murmura d'une voix plaintive grand-maman Joséphine. Il ne veut pas que nous nous privions pour lui. Ce matin, je l'ai bien entendu, sa mère a tenté vainement de lui abandonner son morceau de pain. Il n'y a pas touché. Elle a dû le reprendre.

— C'est un bon petit, dit grand-papa Georges. Il mériterait mieux. »

Le froid impitoyable n'en finissait pas.

Et le pauvre petit Charlie Bucket maigrissait de jour en jour. Sa petite figure devenait de plus en plus blanche, de plus en plus pincée. Il avait la peau visiblement collée aux pommettes. On se demandait si cela pouvait encore durer longtemps sans que Charlie tombât gravement malade.

Et puis, tout doucement, avec cette curieuse sagesse qui semble venir si souvent aux enfants, face à de rudes épreuves, il se mit à changer çà et là quelque chose à ses habitudes, histoire d'économiser ses forces. Le matin, il quittait la maison dix minutes plus tôt. Ainsi il pouvait marcher à pas lents, sans jamais avoir besoin de courir. Pendant la récréation, il restait tranquille en classe, tandis que les autres se précipitaient au-dehors pour se rouler dans la neige, pour faire des boules de neige. Tous ses gestes étaient devenus lents et pondérés, comme pour prévenir la fatigue.

Puis un soir, en rentrant de l'école, bravant le vent glacial, se sentant plus affamé que jamais, il vit soudain un bout de papier qui traînait dans la neige du ruisseau. Le papier était de couleur verdâtre, d'aspect vaguement familier. Charlie fit quelques pas vers le bord du trottoir et se pencha pour examiner l'objet à moitié couvert de neige. Mais soudain, il comprit de quoi il s'agissait.

Un dollar !

Il regarda furtivement autour de lui.

Quelqu'un venait-il de le laisser tomber ?

Non... c'était impossible, vu la façon dont il s'engouffrait dans la neige.

Plusieurs personnes passèrent, pressées, le menton emmitouflé. Leurs pas grinçaient sur la neige. Personne ne cherchait de l'argent par terre, personne ne se souciait du petit garçon accroupi dans le ruisseau.

Il était donc à lui, ce dollar ?

Pouvait-il le ramasser ?

Doucement, Charlie le tira de dessous la neige. Il était humide et sale, mais, à part cela, en parfait état.

Un dollar ENTIER !

Il était là, entre ses doigts crispés. Impossible de le

quitter des yeux. Impossible de ne pas penser à une chose, une seule, MANGER !

Machinalement, Charlie revint sur ses pas pour se diriger vers la boutique la plus proche. Elle n'était qu'à dix pas... c'était une de ces librairies-papeteries où on trouve un peu de tout, y compris des confiseries et des cigares... et voilà, se dit-il à voix basse... il se payerait un succulent bâton de chocolat, et il le mangerait tout entier, d'un bout à l'autre... puis il rentrerait vite à la maison pour donner la monnaie à sa mère.

Le miracle

Charlie entra dans la boutique et posa le billet humide sur le comptoir.

« Un super-délice fondant Wonka à la guimauve », dit-il, en se rappelant combien il avait aimé le bâton de son anniversaire.

L'homme derrière le comptoir paraissait gras et bien nourri. Il avait des lèvres épaisses, des joues rebondies et un cou énorme dont le bourrelet débordait sur le col de la chemise, on aurait dit un anneau de caoutchouc. Il tourna le dos à Charlie pour chercher le bâton de chocolat, puis il se retourna et le tendit à Charlie. Charlie s'en empara, déchira rapidement le papier et prit un énorme morceau. Puis un autre... et encore un autre... oh ! quelle joie de pouvoir croquer à belles dents quelque chose de bien sucré, de ferme, de consistant ! Quel plaisir d'avoir la bouche pleine de cette riche et solide nourriture !

« Tu en avais bien envie, pas vrai, fiston », dit en souriant le marchand.

Charlie inclina la tête, la bouche pleine de chocolat.

Le marchand posa la monnaie sur le comptoir. « Doucement, dit-il, si tu avales tout sans mastiquer, tu auras mal au ventre. »

Charlie continua à dévorer son chocolat. Impossible de s'arrêter. Et en moins d'une demi-minute, il avait englouti tout le bâton. Bien que tout essoufflé, il se sentit merveilleusement, extraordinairement heureux. Il étendit la main pour prendre sa monnaie. Puis il hésita en voyant les petites pièces d'argent sur le comptoir. Il y en avait neuf, toutes pareilles. Ce ne serait sûrement pas grave s'il en dépensait une de plus...

« Je pense, dit-il d'une petite voix tranquille, je pense que... que je prendrai encore un autre bâton. Le même, s'il vous plaît.

— Pourquoi pas ? » dit le gros marchand. Et il prit derrière lui, sur le rayon, un autre super-délice fondant Wonka à la guimauve. Il le posa sur le comptoir.

Charlie le saisit et déchira l'enveloppe... et *soudain*... d'au-dessous du papier... s'échappa un brillant éclair d'or.

Le cœur de Charlie s'arrêta net.

« Un ticket d'or ! hurla le boutiquier en sautant en l'air. Tu as trouvé un ticket d'or ! Le dernier ticket d'or ! Hé, les gens ! Venez voir, tous ! Ce gosse a trouvé le dernier ticket d'or Wonka ! Le voici ! Il l'a entre les mains ! »

On eût dit que le marchand allait avoir une crise. « Et c'est arrivé dans mon magasin ! hurla-t-il. C'est ici, dans ma petite boutique qu'il l'a trouvé ! Vite, appelez les journaux, apprenez-leur la nouvelle ! Attention, fiston ! Ne le déchire pas ! C'est un bien précieux ! »

Au bout de quelques secondes, il y avait autour de

Charlie un attroupement d'une vingtaine de personnes, et d'autres encore accouraient de la rue. Tout le monde voulait voir le ticket d'or et l'heureux trouveur.

« Où est-il ? cria quelqu'un. Tiens-le en l'air pour que nous puissions tous le voir !

— Le voilà ! cria une autre voix. Il l'a en main ! Voyez comme ça brille !

— Je voudrais bien savoir comment il a fait pour le trouver ! cria d'une voix maussade un grand garçon. Moi qui achetais vingt bâtons par jour, pendant des semaines et des semaines !

— Et tout ce chocolat qu'il va pouvoir s'envoyer ! dit jalousement un autre garçon. Il en aura pour la vie !

— Il en a bien besoin, ce petit gringalet, il n'a que la peau sur les os ! dit en riant une fillette.

Charlie n'avait pas bougé. Il n'avait même pas tiré le ticket d'or de son enveloppe. Muet, immobile, il serrait contre lui son bâton de chocolat, au milieu des cris, de la bousculade. Il se sentait tout étourdi. Tout étourdi et étrangement léger. Léger comme un ballon qui s'envole dans le ciel. Ses pieds semblaient ne plus toucher le sol. Et quelque part, au fond de sa poitrine, il entendait son cœur qui tambourinait très fort.

Soudain, il sentit une main sur son épaule. Il leva les yeux et vit un homme de haute taille. « Écoute, dit l'homme tout bas. Je te l'achète. Je te donne cinquante dollars. Qu'en penses-tu, hein ? Et je te donnerai aussi une bicyclette toute neuve. D'accord ?

— Vous êtes fou ? hurla une femme qui se tenait à distance égale. Moi, je le lui achète *cinq cents* dollars ! Jeune homme, voulez-vous me vendre ce ticket pour cinq cents dollars ?

— Assez ! Ça suffit ! » cria le gros boutiquier en se frayant un chemin à travers la cohue. Il prit Charlie par le bras. « Laissez ce gosse tranquille, voulez-vous ? Dégagez ! Laissez-le sortir ! » Et tout en le conduisant vers la porte, il dit tout bas à Charlie : « Ne le donne à personne ! Rentre vite chez toi pour ne pas le perdre ! Cours vite et ne t'arrête pas en chemin, compris ? »

Charlie inclina la tête.

« Tu sais », dit le gros boutiquier. Il hésita un instant et sourit à Charlie. « Quelque chose me dit que ce ticket tombe à pic. Je suis drôlement content pour toi. Bonne chance, fiston.

— Merci », dit Charlie, puis il partit en courant dans la neige. Et en passant devant la chocolaterie de Mr. Willy Wonka, il se retourna, lui fit signe de la main et dit en chantant : « Nous nous verrons ! A bientôt ! A bientôt ! » Encore cinq minutes, et il arriva chez lui.

Ce qui était écrit sur le ticket d'or

Charlie passa la porte en coup de vent. Il cria : « Maman ! Maman ! Maman ! »

Mrs. Bucket était dans la chambre des grands-parents, en train de leur servir la soupe du soir.

« Maman ! » hurla Charlie en fonçant sur eux comme un ouragan. « Regarde ! Ça y est ! Ça y est ! Regarde ! Le dernier ticket d'or ! Il est à moi ! J'ai trouvé un peu d'argent dans la rue, alors j'ai acheté deux bâtons de chocolat, et dans le second, il y avait le ticket d'or, et il y avait plein de gens autour de moi qui voulaient le voir, et le marchand est venu à mon secours, et je suis rentré en courant, et me voici ! C'EST LE CINQUIÈME TICKET D'OR, MAMAN, ET C'EST MOI QUI L'AI TROUVÉ ! »

Mrs. Bucket resta bouche bée, tandis que les quatre grands-parents qui étaient assis dans leur lit, le bol de soupe sur les genoux, laissèrent tous tomber leurs cuillers à grand bruit et se cramponnèrent à leurs oreillers.

Alors la chambre fut plongée dans un silence absolu qui dura dix secondes. Personne n'osa parler ni bouger. Ce fut un moment magique. Puis, d'une voix très douce, grand-papa Joe dit : « Tu te moques de nous, Charlie, n'est-ce pas ? Tu nous racontes ça pour rire ?

— Pas du tout ! » cria Charlie. Il se précipita vers le lit en brandissant le superbe ticket d'or.

Grand-papa Joe se pencha en avant pour le voir de plus près. C'est tout juste si son nez ne touchait pas le ticket. Les autres assistèrent à la scène, en attendant le verdict.

Puis, très lentement, le visage éclairé par un large et merveilleux sourire, grand-papa Joe leva la tête et regarda Charlie droit dans les yeux. Ses joues retrouvèrent leurs couleurs, ses yeux grands ouverts brillaient de bonheur, et au milieu de chaque œil, juste au milieu, au noir de la pupille dansait une petite étincelle d'enthousiasme. Puis le vieil homme respira profondément, et soudain, de façon tout à fait imprévue, quelque chose semblait exploser au fond de lui. Il jeta les bras en l'air et cria : « Youpiiiiiiiiiiiiii ! » Et à l'instant même, son long corps maigre quitta le lit, son bol de soupe vola à la figure de grand-maman Joséphine, et, dans un bond fantastique, ce gaillard de quatre-vingt-seize ans et demi qui n'était pas sorti du lit depuis vingt ans sauta à terre et se livra, en pyjama, à une danse triomphale.

« Youpiiiiiiiiiiiiii ! cria-t-il. Vive Charlie ! Hip, hip, hourra ! »

A cet instant, la porte s'ouvrit pour laisser entrer Mr.

Bucket, visiblement fatigué et mort de froid. Il avait passé la journée à pelleter la neige dans les rues.

« Sapristi ! cria Mr. Bucket. Que se passe-t-il ? »

Ils le mirent au courant sans attendre.

« Je n'arrive pas à y croire ! dit-il. Ce n'est pas possible.

— Montre-lui le ticket, Charlie, cria grand-papa Joe, qui tournait toujours en rond, comme un derviche, dans son pyjama à rayures. Fais voir à ton père le cinquième et dernier ticket d'or du monde !

— Fais voir, Charlie », dit Mr. Bucket. Il se laissa tomber sur une chaise et tendit la main. Charlie s'avança pour lui présenter le précieux document.

Qu'il était beau, ce ticket d'or ! Fait, à ce qu'il semblait, d'une plaque d'or fin, presque aussi mince qu'une feuille de papier. Une de ses faces portait, imprimée en noir par quelque système astucieux, l'invitation rédigée par Mr. Wonka.

« Lis-la à haute voix, dit grand-papa Joe en regagnant son lit. Écoutons tous cette invitation. »

Mr. Bucket approcha le ticket d'or de ses yeux. Ses mains tremblaient un peu, il était visiblement ému. Après avoir respiré très fort il s'éclaircit la gorge et dit : « Bien, je vais vous la lire. Voilà :

« Heureux gagnant de ce ticket d'or, Mr. Willy Wonka te salue ! Reçois sa chaleureuse poignée de main ! Il t'arrivera des choses étonnantes ! De merveilleuses surprises t'attendent ! Car je t'invite à venir dans ma chocolaterie. Tu seras mon invité pendant toute une journée - toi et tous les autres qui auront eu la chance de trouver mes tickets d'or. Moi, Willy Wonka, je te ferai faire le tour de mon usine, je te montrerai tout ce qu'il y a à voir et ensuite, au moment de nous quitter, une procession de gros camions t'escortera jusque chez toi, et ces camions, je te le promets, seront pleins des plus délicieux comestibles,

pour toi et pour toute ta famille, de quoi vous nourrir pendant de nombreuses années. Si, à un moment ou un autre, tes provisions venaient à s'épuiser il te suffira de revenir à l'usine et, sur simple présentation de ce ticket d'or, je me ferai un plaisir de regarnir ton garde-manger. De cette manière, tu seras délicieusement ravitaillé jusqu'à la fin de tes jours. Mais je te réserve d'autres surprises tout aussi passionnantes. Des surprises encore plus merveilleuses et plus fantastiques, à toi et à tous mes chers détenteurs de tickets d'or - des surprises mystérieuses et féeriques qui t'enchanteront, qui t'intrigueront, te transporteront, t'étonneront, te stupéfieront outre mesure. Jamais, même dans tes rêves les plus audacieux, tu n'imaginerais de telles aventures ! Tu verras ! Et maintenant, voici les instructions : le jour que j'ai choisi pour la visite est le 1er du mois de février. Ce matin-là, ce matin-là uniquement, tu te présenteras aux portes de la chocolaterie, à dix heures précises. Tâche d'être à l'heure ! Tu as le droit d'être accompagné d'un ou deux membres de ta famille afin qu'ils prennent soin de toi et qu'ils t'empêchent de faire des bêtises. Et surtout — n'oublie pas ce ticket, car sans lui, on ne te laissera pas entrer.

Signé WILLY WONKA. »

« Le Ier *février !* s'écria Mrs. Bucket. Mais c'est *demain !* Puisque nous sommes aujourd'hui le dernier jour de janvier !

— Sapristi ! dit Mr. Bucket. Je crois que tu as raison !

— Ce n'est pas trop tôt ! s'écria grand-papa Joe. Pas une minute à perdre. Dépêche-toi ! Prépare-toi ! Lave-toi la figure, donne-toi un coup de peigne, décrasse tes mains, brosse-toi les dents, mouche-toi, coupe-toi les ongles, cire tes chaussures, repasse ta chemise, et, pour l'amour du ciel, enlève toute cette boue de ton pantalon ! Soigne-toi, mon garçon ! Pense à avoir l'air correct, puisque c'est le plus grand jour de ta vie !

— Ne vous excitez pas trop, grand-père, dit Mrs. Bucket. Et ne troublez pas ce pauvre Charlie. Gardons tous notre sang-froid. Premièrement — qui accompagnera Charlie à la chocolaterie ?

— Moi ! hurla grand-papa Joe, sautant une nouvelle fois hors du lit. C'est moi qui l'accompagnerai ! Laissez-moi faire ! »

Mrs. Bucket sourit au vieillard, puis elle se tourna vers son mari : « Qu'en penses-tu, mon cher ? Ne serait-ce pas plutôt à toi de l'accompagner ?

— Eh bien... dit Mr. Bucket d'une voix hésitante, non... je n'en suis pas si sûr.

— Mais...

— Il n'y a pas de *mais*, ma chère, dit doucement Mr. Bucket. Remarque, je serais très heureux d'y aller. Ce serait extrêmement passionnant. Mais d'un autre côté... Je pense que celui qui mérite vraiment d'accompagner Charlie, c'est grand-papa Joe. Il faut croire qu'il s'y connaît mieux que nous. Pourvu qu'il se sente en forme, naturellement...

— Youpiiiiiii ! » hurla grand-papa Joe. Il attrapa Charlie par les mains pour l'entraîner dans une danse folle.

« Il est en forme, ça ne fait pas de doute, dit en riant Mrs. Bucket. Oui... tu as peut-être raison, après tout. C'est peut-être bien grand-papa Joe qui doit l'accompagner. En ce qui me concerne, je ne pourrais certainement pas laisser seuls les trois autres grands-parents pendant toute une journée.

— Alléluia ! hurla grand-papa Joe. Dieu soit loué ! »

A ce moment, on frappa fort à la porte d'entrée. Mr. Bucket alla ouvrir et, l'instant d'après, des essaims de journalistes et de photographes vinrent remplir la maison. Ils avaient déniché le gagnant du cinquième ticket d'or, et maintenant, tous voulaient en parler longuement en première page des journaux du matin. Pendant des heures, la petite maison ressembla à une véritable tour de Babel. Ce n'est que vers minuit que Mr. Bucket parvint enfin à se débarrasser d'eux et que Charlie, lui, put aller se coucher.

Le grand jour est là

Le matin du grand jour, il faisait un soleil radieux, mais la terre était toujours couverte de neige et l'air était très froid.

Devant les portes de la chocolaterie Wonka se pressait un monde fou, venu assister à l'entrée des cinq détenteurs de tickets. L'agitation était sans bornes. Il était un peu moins de dix heures. Les gens se bousculaient en hurlant, et des agents de police armés tentaient vainement de les éloigner des portes.

Tout près de l'entrée, formant un petit groupe bien protégé de la foule par la police, se tenaient les cinq fameux enfants, ainsi que les grandes personnes qui les accompagnaient.

On y voyait se dresser le long et maigre grand-papa Joe qui serrait la main du petit Charlie Bucket.

Tous les enfants, à l'exception de Charlie, étaient accompagnés de leurs deux parents, et c'était chose heureuse car, sans cela, c'eût été le désordre complet. Ils étaient si impatients d'entrer que leurs parents devaient les empêcher de force d'escalader la grille. « Patience ! » criaient les pères. « Tiens-toi tranquille ! Ce n'est pas encore le moment ! Il n'est pas encore dix heures ! »

Derrière son dos, Charlie pouvait entendre les cris des gens venus en foule qui se bousculaient et se battaient pour apercevoir les fameux enfants.

« Voici Violette Beauregard ! entendit-il crier quelqu'un. C'est bien elle ! J'ai vu sa photo dans les journaux !

— Tiens ! répondit une autre voix, elle est encore en train de mâcher cet horrible bout de chewing-gum d'il y a trois mois ! Regarde ses mâchoires ! Elles n'arrêtent pas de remuer !

— Qui est cet hippopotame ?

— C'est Augustus Gloop !

— Exact !

— Il est énorme, n'est-ce pas ?

— Fantastique !

— Et qui est le gosse qui a la tête d'un cow-boy peinte sur son blouson ?

— C'est Mike Teavee ! Le maniaque de la télévision !

— Mais il est complètement fou ! Regardez tous ces pistolets qu'il trimbale !

— Moi, c'est Veruca Salt que je voudrais voir ! cria une autre voix dans la foule. Vous savez, la petite fille dont le père a acheté cinq cent mille bâtons de chocolat. Puis il les a donnés à déballer aux ouvrières de son usine de cacahuètes, jusqu'à ce qu'elles trouvent le ticket d'or ! Il lui donne tout ce qu'elle veut ! Absolument tout ! Elle n'a qu'à se mettre à gueuler, et voilà !

— Affreux, n'est-ce pas ?

— Plutôt choquant, dirais-je.

— Laquelle est-ce ?

— Celle-là ! Là, à gauche ! La petite fille au manteau de vison argenté !

— Et lequel est Charlie Bucket ?

— Ce doit être ce petit gringalet, à côté du vieux qui a l'air d'un squelette. Là, tout près, tu vois ?

— Pourquoi n'a-t-il pas de manteau par ce froid ?

— Est-ce que je sais ? Peut-être qu'il n'a pas de quoi.
— Zut ! Il doit être gelé ! »

Charlie, qui avait tout entendu, serra plus fort la main de grand-papa Joe. Le vieil homme regarda Charlie et sourit.

Quelque part, au loin, une cloche d'église se mit à sonner les dix coups.

Très lentement, dans un grincement de gonds rouillés, les grandes portes de fer s'écartèrent.

Soudain, le silence se fit dans la foule. Les enfants cessèrent de s'agiter. Tous les yeux étaient fixés sur les portes.

« *Le voici !* cria quelqu'un. *C'est lui !* »

Et c'était bien vrai !

Mr. Willy Wonka

Mr. Wonka se tenait tout seul dans l'ouverture des portes de la chocolaterie.

Quel extraordinaire petit homme que ce Mr. Wonka !

Il était coiffé d'un chapeau haut de forme noir.

Il portait un habit à queue d'un beau velours couleur de prune.

Son pantalon était vert bouteille.

Ses gants étaient gris perle.

Et il tenait à la main une jolie canne à pommeau d'or.

Une petite barbiche noire taillée en pointe — un

bouc — ornait son menton. Et ses yeux — ses yeux étaient d'une merveilleuse limpidité. Ils semblaient vous lancer sans cesse des regards complices pleins d'étincelles. Tout son visage était, pour ainsi dire, illuminé de gaieté, de bonne humeur.

Et, oh ! comme il avait l'air futé ! Plein d'esprit, de malice et de vivacité !

Il avait des drôles de petits gestes saccadés, sa tête bougeait sans cesse et son vif regard se posait partout, enregistrait tout en un clin d'œil. Tous ses mouvements étaient rapides comme ceux d'un écureuil. Oui, c'était bien ça, il ressemblait à un vieil écureuil vif et malicieux.

Soudain, dans un curieux pas de danse sautillant, il ouvrit largement les bras et sourit aux cinq enfants rassemblés devant la porte. Puis il s'écria : « Soyez les bienvenus, mes chers petits amis ! Soyez les bienvenus dans ma chocolaterie ! »

Sa voix était claire et flûtée. « Voulez-vous avancer un à un, s'il vous plaît ? dit-il, sans quitter vos parents. Puis vous me présenterez vos tickets d'or en me disant vos noms. Au premier ! »

Le petit garçon gros et gras s'avança. « Je suis Augustus Gloop, dit-il.

— Augustus ! s'écria Mr. Wonka en lui serrant la main de toutes ses forces. Comme tu as bonne mine, mon garçon ! Très heureux ! Charmé ! Enchanté de t'avoir ici ! Et tu amènes tes parents comme c'est gentil ! Entrez ! Entrez donc ! C'est cela ! Passez la porte ! »

Mr. Wonka partageait visiblement l'excitation de ses invités.

« Mon nom, dit l'enfant suivante, est Veruca Salt.

— Ma petite Veruca, bonjour ! Quel plaisir de te voir ! Quel nom intéressant tu as ! J'ai toujours pensé que c'était celui d'une sorte de verrue qu'on a sous la plante du pied ! Mais je me trompe, n'est-ce pas ? Comme tu es mignonne dans ton joli manteau de vison ! Comme je suis heureux que tu sois venue ! Mon Dieu, quelle délicieuse journée nous allons passer ensemble ! J'espère que tu y prendras plaisir ! J'en suis même tout à fait sûr ! Oui, tout à fait sûr ! Ton père ? Bonjour, Mr. Salt ! Bonjour Mrs. Salt ! Enchanté de vous connaître ! Oui, le ticket est bien en règle ! Entrez, s'il vous plaît ! »

Les deux enfants suivants, Violette Beauregard et Mike Teavee avancèrent, présentèrent leurs tickets et faillirent avoir les bras pratiquement arrachés par l'énergique poignée de main de Mr. Wonka.

Puis, à la fin, une petite voix timide chuchota : « Charlie Bucket.

— Charlie ! s'exclama Mr. Wonka. Tiens, tiens, tiens ! Donc, te voici ! C'est toi, le petit garçon qui n'a trouvé son ticket qu'hier soir, n'est-ce pas ? Oui, oui. J'ai tout lu dans les journaux de ce matin ! Il était temps, mon petit ! Et ça me fait bien plaisir ! Je suis très heureux pour toi ! Et ça, c'est ton grand-père ? Charmé de vous voir, monsieur ! Ravi ! Enchanté ! C'est parfait ! C'est excellent ! Est-ce que tout le monde est entré ? Cinq enfants ? Oui ! Bon ! Maintenant, suivez-moi, s'il vous plaît ! Notre tournée va commencer ! Mais restez ensemble ! Ne vous dispersez pas ! Je n'aimerais perdre aucun de vous, au point où en sont les choses ! Ma foi, non ! »

Par-dessus son épaule, Charlie jeta un coup d'œil en arrière. Il vit se refermer lentement les grandes portes de fer. Dehors, les gens se bousculaient toujours en hurlant. Charlie les regarda une dernière fois. Puis les portes claquèrent et toute image du monde extérieur s'évanouit.

« Voilà ! s'écria Mr. Willy Wonka qui trottait en tête du groupe. Passez cette grande porte rouge, s'il vous plaît ! C'est ça ! Il fait bon ici ! Il faut que je chauffe bien mon usine à cause de mes ouvriers. Mes ouvriers sont habitués à un climat *extrêmement* chaud ! Ils ne supportent pas le froid ! Ils périraient s'ils sortaient par le temps qu'il fait ! Ils mourraient de froid !

— Mais qui sont ces ouvriers ? demanda Augustus Gloop.

— Chaque chose en son temps, mon garçon ! dit en souriant Mr. Wonka. Patience ! Tu finiras par tout savoir ! Êtes-vous tous là ? Bon ! Voulez-vous fermer la porte, s'il vous plaît ? Merci ! »

Charlie Bucket vit un long couloir qui s'étirait devant lui à perte de vue. Ce corridor était assez large pour laisser passer une voiture. Les murs, peints en rose pâle, recevaient un éclairage doux et agréable.

« Comme c'est joli et douillet ! chuchota Charlie.

— Oui. Et comme ça sent bon ! » répondit grand-papa Joe en reniflant longuement. Les plus merveilleux parfums du monde se rencontraient dans l'air qu'ils respiraient. Un savant mélange de café grillé, et de sucre confit, et de chocolat fondu, et de menthe, et de violettes, et de noisettes pilées, et de fleurs de pommier, et de caramel, et de zeste de citron...

Et de bien plus loin, du fond de la grande usine, s'échappaient des rugissements assourdis, comme si une machine monstrueuse et gigantesque faisait tourner ses mille roues à une vitesse infernale.

« Maintenant, écoutez-moi bien, mes enfants, dit Mr. Wonka en élevant la voix pour dominer le bruit, ceci est le corridor principal. Voulez-vous avoir l'amabilité d'accrocher vos manteaux et vos chapeaux à ces portemanteaux que vous voyez là, avant de me suivre. Voilà ! Bien ! Tout le monde est prêt ! Venez ! Allons-y ! » Il emprunta le corridor en courant, laissant flotter derrière lui la queue de son habit couleur de prune, et les invités se mirent tous à courir après lui.

Cela faisait pas mal de monde, quand on y pense. Neuf adultes et cinq enfants. Quatorze personnes en tout. Vous parlez d'une bousculade ! Et, en tête, la petite silhouette agile de Mr. Wonka qui criait : « Venez ! Dépêchez-vous, s'il vous plaît ! Si vous traînez comme ça, nous ne ferons pas le tour de l'établissement dans la journée ! »

Bientôt il quitta le corridor principal pour un autre couloir, à peine plus étroit, à sa droite.

Puis il tourna à gauche.

Puis encore à gauche.

Puis à droite.

Puis à gauche.

Puis à droite.

Puis à droite.

Puis à gauche.

On aurait dit une gigantesque garenne avec des tas de couloirs menant dans tous les sens.

« Surtout, ne lâche pas ma main, Charlie », souffla grand-papa Joe.

« Avez-vous remarqué comme ils penchent, tous ces couloirs ? s'écria Mr. Wonka. Nous descendons au sous-sol ! Toutes les salles importantes de mon usine se situent très bas au-dessous du niveau de la terre !

— Pourquoi ça ? demanda quelqu'un.

— Parce qu'il n'y a pas assez de place en haut ! répondit Mr. Wonka. Les salles que nous allons visiter sont *immenses* ! Plus vastes que des terrains de football ! Aucun bâtiment du monde n'est assez grand pour les abriter ! Mais là-bas, sous la terre, il y a de la place — il suffit de creuser. »

Mr. Wonka tourna à droite.

Puis il tourna à gauche.

Puis encore à droite.

Les couloirs penchaient de plus en plus.

Puis, soudain, Mr. Wonka s'arrêta devant une porte de brillant métal. Ses invités se groupèrent autour de lui. Sur la porte, on pouvait lire, en gros caractères :

LA SALLE AU CHOCOLAT

La salle au chocolat

« Très importante, cette salle ! » cria Mr. Wonka. Il
sortit de sa poche un trousseau de clefs et en glissa une
dans la serrure de la porte. « Ceci est le centre nerveux de
toute l'usine, le cœur même de l'affaire ! Et comme elle
est *belle* ! J'attache beaucoup d'importance à la beauté de
mes salles ! Je ne tolère pas la laideur dans une usine ! Et
voilà, nous entrons ! Mais soyez prudents, mes petits
amis ! Ne perdez pas la tête ! Ne vous excitez pas trop !
Gardez votre sang-froid ! »

Mr. Wonka ouvrit la porte. Les cinq enfants et les neuf
adultes entrèrent en se bousculant... pour tomber en arrêt
devant tant de merveilles. Oh ! Quel fascinant spectacle !

A leurs pieds s'étalait... une jolie vallée. De chaque
côté, il y avait de verts pâturages et tout au fond coulait
une grande rivière brune.

Mais on voyait aussi une formidable cascade — une
falaise abrupte par où les masses d'eau pleines de remous
se précipitaient dans la rivière, formant un rideau com-
pact, finissant en un tourbillon écumant et bouillonnant,
plein de mousse et d'embruns.

Au pied de la cascade (quel étonnant spectacle !),
d'énormes tuyaux de verre pendillaient par douzaines, un

bout trempant dans la rivière, l'autre accroché quelque part au plafond, très haut ! Ils étaient vraiment impressionnants, ces tuyaux. Extrêmement nombreux, ils aspiraient l'eau trouble et brunâtre pour l'emporter Dieu sait où. Et comme ils étaient de verre, on pouvait voir le liquide monter et mousser à l'intérieur, et le bruit bizarre et perpétuel que faisaient les tuyaux en l'aspirant se mêlait au tonnerre de la cascade.

Des arbres et des arbustes pleins de grâce poussaient le long de la rivière : des saules pleureurs, des aulnes, du rhododendron touffu à fleurs roses, rouges et mauves. Le gazon était étoilé de milliers de boutons d'or.

« Voyez ! » s'écria Mr. Wonka en sautillant. De sa canne à pommeau d'or, il désigna la grande rivière brune. « Tout cela, c'est du chocolat ! Chaque goutte de cette rivière est du chocolat fondu, et du meilleur. Du chocolat de première qualité. Du chocolat, rien que du chocolat, de quoi remplir toutes les baignoires du pays ! Et aussi toutes les piscines ! N'est-ce pas magnifique ? Et regardez mes tuyaux ! Ils pompent le chocolat et le conduisent dans toutes les autres salles de l'usine ! Des milliers et des milliers de litres ! »

Les enfants et leurs parents étaient bien trop ébahis pour pouvoir parler. Ils étaient confondus. Stupéfaits. Ahuris. Éblouis. Ils étaient subjugués par ce spectacle fantastique. Ils étaient là, les yeux tout ronds, sans dire un mot.

« La cascade est *extrêmement* importante ! poursuivit Mr. Wonka. C'est elle qui mélange le chocolat ! Elle le bat ! Elle le fouette ! Elle le dose ! Elle le rend léger et mousseux ! Aucune autre chocolaterie du monde ne mélange son chocolat à la cascade ! Pourtant, c'est la seule façon de le faire convenablement ! La seule ! Et mes arbres, qu'en pensez-vous ? cria-t-il en brandillant sa canne. Et mes jolis arbustes ? Ne sont-ils pas beaux ? Je

déteste la laideur, je vous l'ai bien dit ! Et naturellement,
tout cela se mange ! Tout est fait d'une matière différente,
mais toujours délicieuse ! Et mes pelouses ? Que pensez-

vous de mon herbe et de mes boutons d'or ? L'herbe où vous posez vos pieds, mes chers amis, est faite d'une nouvelle sorte de sucre à la menthe, une de mes dernières inventions ! J'appelle cela du *smucre* ! Goûtez un brin ! Allez-y ! C'est délicieux ! »

Machinalement, tout le monde se baissa pour cueillir un brin d'herbe — tout le monde, à l'exception d'Augustus Gloop qui en cueillit toute une poignée.

Violette Beauregard, avant de goûter à son brin d'herbe, sortit de sa bouche le morceau de chewing-gum destiné à battre le record du monde et se le colla soigneusement derrière l'oreille.

« C'est merveilleux ! chuchota Charlie. Quel goût exquis, n'est-ce pas, grand-papa ?

— Je mangerais bien tout le gazon ! dit grand-papa Joe avec un large sourire. Je me promènerais à quatre pattes, comme une vache, et je brouterais tous les brins d'herbe !

— Goûtez les boutons d'or ! cria Mr. Wonka. Ils sont encore meilleurs ! »

Soudain, de grands cris aigus retentirent. Ces cris étaient ceux de Veruca Salt. Elle désignait l'autre rive, en hurlant comme une folle. « *Regardez !* Regardez, là-bas ! cria-t-elle. Qu'est-ce que c'est ? Ça bouge ! Ça marche ! C'est un petit personnage ! C'est un petit bonhomme ! Là, sous la cascade ! »

Tout le monde cessa de cueillir des boutons d'or pour regarder l'autre rive.

« *Elle a raison, grand-papa !* s'écria Charlie. C'est bien un tout petit bonhomme ! Tu le vois ?

— Je le vois, Charlie ! » dit, tout ému, grand-papa Joe.

Et tout le monde se mit à pousser des cris.

« Il y en a deux !

— Sapristi ! C'est vrai !

— Plus que ça ! Il y en a un, deux, trois, quatre, cinq !

— Que font-ils ?

— D'où sortent-ils ?

— Qui sont-ils ? »

Enfants et parents coururent vers la rivière pour les voir de plus près.

« Fantastiques, n'est-ce pas ?

— Pas plus hauts que trois pommes !

— Ils ont la peau presque noire !

— C'est exact !

— Sais-tu à quoi je pense, grand-papa ? s'écria Charlie. Je pense que c'est Mr. Wonka lui-même qui les a faits... ils sont en chocolat ! »

Les minuscules bonshommes — pas plus grands que des poupées de taille moyenne — avaient cessé de vaquer à leurs occupations pour regarder à leur tour les visiteurs rassemblés sur l'autre rive. L'un d'eux montra du doigt les enfants, puis il dit quelque chose, à voix basse, à ses compagnons. Et tous les cinq éclatèrent de rire.

« Sont-ils *vraiment* de chocolat, Mr. Wonka ? demanda Charlie.

— De chocolat ? s'écria Mr. Wonka. Quelle idée ! Ils sont en chair et en os ! Ce sont mes ouvriers !

— Impossible, déclara Mike Teavee. Des hommes si petits, ça n'existe pas ! »

Les Oompa-Loompas

« Tu dis que ça n'existe pas, des hommes aussi petits ? dit en riant Mr. Wonka. Alors, écoute-moi bien. Si tu veux tout savoir, il y en a plus de trois mille, ici même, dans mon usine !

— Ce sont sûrement des pygmées ! dit Charlie.

— C'est juste ! s'écria Mr. Wonka. Ce sont des pygmées ! Directement importés d'Afrique ! Ils font partie d'une tribu de minuscules pygmées miniatures, connus sous le nom d'Oompa-Loompas. C'est moi-même qui les ai découverts. Et c'est moi-même qui les ai ramenés d'Afrique — toute la tribu, trois mille en tout. Je les ai trouvés tout au fond de la brousse africaine, là où nul homme n'avait jamais pénétré avant moi. Ils vivaient dans les arbres. Ils étaient bien obligés de vivre dans les arbres, car sans cela, vu leur petite taille, n'importe quel animal de la brousse aurait vite fait de les dévorer. Au moment où je les ai découverts, ils mouraient pratiquement de faim. Ils avaient pour toute nourriture des chenilles vertes. Les chenilles ont un goût horrible, et les Oompa-Loompas passaient leurs journées à grimper au sommet des arbres, en quête de n'importe quoi qui pût améliorer ce goût — des scarabées rouges, par exemple, et des feuilles d'eucalyptus, et de l'écorce de bong-bong, tout cela, bien entendu, était infect, mais moins infect que les chenilles. Pauvres petits Oompa-Loompas ! La nourriture qui leur manquait le plus, c'était le cacao. Impossible d'en trouver. Un Oompa-Loompa devait s'estimer heureux s'il trouvait trois ou quatre grains de cacao par an. Oh ! Comme ils en rêvaient ! Toutes les nuits, ils rêvaient de cacao, et toute la journée, ils en parlaient. Vous n'aviez qu'à prononcer le mot « cacao » devant un Oompa-Loompa pour lui mettre l'eau à la bouche. Les grains de cacao, poursuivit Mr. Wonka, qui poussent sur les cacaotiers, sont à la base de toute l'industrie chocolatière. Sans grains de cacao, pas de chocolat. Le cacao, *c'est* le chocolat. Moi-même, dans mon usine, j'utilise des billions de grains de cacao par semaine. C'est pourquoi, mes chers enfants, en découvrant que les Oompa-Loompas étaient particulièrement friands de cette denrée, je grimpai dans leur village arborescent, je passai la tête par la porte de la demeure du chef de la tribu. Le pauvre petit bonhomme, tout maigre et famélique, était là, s'efforçant d'avaler tout un bol de chenilles vertes en purée sans se trouver mal. "Écoute-moi, lui dis-je (pas en anglais, bien sûr, mais en oompa-loompéen), écoute-moi. Si vous veniez tous avec moi, toi et ton petit peuple, dans mon pays, pour vous installer dans ma chocolaterie, vous auriez tous les jours du cacao à gogo ! J'en ai des montagnes dans mes entrepôts ! Vous pourriez en manger à tous vos repas ! Vous pourriez vous rouler dans du cacao ! Je vous paierai en grains de cacao si vous le désirez.

« — Tu parles sérieusement ? demanda en sursautant le chef Oompa-Loompa.

« — Bien sûr que je parle sérieusement, lui dis-je. Et vous pourriez aussi manger du chocolat. Le chocolat, c'est encore meilleur que le cacao pur, puisqu'il contient du lait et du sucre."

« Le petit bonhomme poussa un grand cri de joie et

envoya promener son bol de chenilles écrasées par la fenêtre de sa cabane de feuillage. "Marché conclu ! dit-il. Allons-y !"

« Et je les ai tous amenés, en bateau, tous les hommes, toutes les femmes et tous les enfants de la tribu Oompa-Loompa. C'était chose facile. Je n'avais qu'à les cacher dans de grandes caisses à trous d'aération. Et tous sont arrivés sains et saufs. Ce sont de merveilleux ouvriers. Maintenant, ils parlent tous anglais. Ils adorent la danse et la musique. Ils improvisent toujours des chansons. Vous allez sûrement les entendre chanter. Mais je dois vous prévenir, ils sont un peu polissons. Ils aiment faire des blagues. Ils s'habillent toujours comme dans la brousse. Ils y tiennent beaucoup. Les hommes, comme vous pouvez le constater vous-mêmes, ne portent que des peaux de daim. Les femmes sont vêtues de feuilles et les enfants ne portent rien du tout. Les femmes changent de feuilles tous les jours...

— *Papa !* cria Veruca Salt la petite fille qui obtenait toujours tout ce qu'elle voulait. *Papa ! Je veux un Oompa-Loompa ! Je veux que tu m'achètes un Oompa-Loompa. Je veux un Oompa-Loompa, et tout de suite ! Je veux l'emmener à la maison ! Vas-y, papa ! Achète-moi un Oompa-Loompa !*

— Voyons, voyons, mon chou ! lui dit son père, il ne faut pas interrompre Mr. Wonka.

— *Mais je veux un Oompa-Loompa !* hurla Veruca.

— Très bien, Veruca, très bien. Mais je ne peux pas te l'avoir tout de suite. Sois patiente. Je m'en occuperai. Tu en auras un ce soir, au plus tard.

— Augustus ! cria Mrs. Gloop. Augustus, mon chéri, il ne faut pas faire *ça !* » Augustus Gloop, rien d'étonnant à cela, avait rampé à la sauvette jusqu'à la rivière, et à présent, agenouillé sur le rivage, il se remplissait la bouche, aussi vite qu'il pouvait, de chocolat fondu tout chaud.

Augustus Gloop
saisi par le tuyau

En voyant ce que faisait Augustus Gloop, Mr. Wonka s'écria : « Oh ! Non ! Je t'en prie, Augustus ! Je te supplie d'arrêter. Aucune main humaine ne doit toucher mon chocolat !

— Augustus ! s'exclama Mrs. Gloop. N'as-tu pas entendu ? Laisse cette rivière et reviens immédiatement !

— Fo-o-ormidable, ce jus ! dit Augustus, sans prêter la moindre attention à sa mère ni à Mr. Wonka. Mais il me faudrait un gobelet pour le boire comme il faut !

— Augustus », cria Mr. Wonka. Il bondit et agita sa canne. « Il faut revenir. Tu salis mon chocolat !

— Augustus ! cria Mrs. Gloop.

— Augustus ! » cria Mr. Gloop.

Mais Augustus faisait la sourde oreille à tout, excepté à l'appel de son énorme estomac. Il était allongé par terre, la tête en bas, lapant le chocolat comme un chien.

« Augustus ! hurla Mrs. Gloop. Tu vas passer ton sale rhume à des millions de gens, aux quatre coins du pays !

— Attention, Augustus ! hurla Mr. Gloop. Tu te penches trop en avant ! »

Mr. Gloop avait parfaitement raison. Car soudain on entendit un cri perçant, et puis, flac ! Voilà Augustus Gloop dans la rivière et, au bout d'une seconde, il eut disparu au fond des flots bruns.

« Sauvez-le ! » hurla Mrs. Gloop en blêmissant. Elle agita follement son parapluie. « Il se noie ! Il ne sait pas nager ! Sauvez-le ! Sauvez-le !

— Tu es folle, femme, dit Mr. Gloop, je ne vais pas plonger là-dedans ! J'ai mis mon plus beau complet ! »

Le visage d'Augustus Gloop, tout barbouillé de chocolat, reparut à la surface. « Au secours ! Au secours ! Au secours ! brailla-t-il. Repêchez-moi !»

« Ne reste pas là sans rien faire ! cria Mrs. Gloop en s'adressant à Mr. Gloop. Fais quelque chose !

— Je fais quelque chose ! » dit Mr. Gloop, en ôtant sa veste pour plonger dans la rivière de chocolat. Mais pendant ce temps, l'infortuné garçon était aspiré impitoyablement par l'embouchure d'un des grands tuyaux qui trempaient dans la rivière, plus près, toujours plus près. Et, tout à coup, victime d'une puissante succion, il disparut dans le fond, puis reparut, saisi par la gueule ouverte du tuyau.

Les autres attendaient sur le rivage, le souffle coupé, se demandant par où il sortirait.

« Le voilà qui remonte ! », hurla quelqu'un en désignant du doigt le tuyau.

Et c'était bien vrai. Comme le tuyau était de verre, tout le monde pouvait voir Augustus Gloop monter, la tête la première, comme une torpille.

« Au secours ! A l'assassin ! Police ! hurla Mrs. Gloop. Augustus, reviens ! Où vas-tu ? »

« Comment se fait-il, dit Mr. Gloop, que, gros comme il est, il puisse tenir dans ce tuyau.

— Justement, il est trop étroit, le tuyau ! dit Charlie Bucket. Oh ! Mon Dieu, regardez ! Il ralentit !

— C'est vrai ! dit grand-papa Joe.

— Il va rester coincé ! dit Charlie.

— Je crois que c'est fait ! dit grand-papa Joe.

— Fichtre ! Le voilà coincé ! dit Charlie.

— C'est son ventre qui ne passe pas ! dit Mr. Gloop.

— Il a bouché le tuyau ! dit grand-papa Joe.

— Cassez le tuyau ! hurla Mrs. Gloop en brandissant toujours son parapluie. Augustus, sors de là ! »

Les spectateurs purent voir des flots de chocolat gicler autour du garçon prisonnier du tuyau, puis former une masse solide derrière lui, une masse qui le poussait plus avant. La pression était énorme. Quelque chose devait céder... Et quelque chose céda, et ce quelque chose était Augustus. Et, hop ! Il remonta d'un seul coup, comme une balle dans un canon de fusil.

« Il a disparu ! hurla Mrs. Gloop. Où va ce tuyau ? Vite ! Appelez les pompiers !

— Du calme ! cria Mr. Wonka. Calmez-vous, chère madame, calmez-vous ! Il n'est pas en danger. Il n'est pas en danger, quoi qu'il arrive ! Augustus va faire un petit voyage, c'est tout. Un très intéressant petit voyage. Mais il s'en tirera très bien, vous allez voir.

— Comment ! Il s'en tirera bien ? suffoqua Mrs. Gloop. Dans cinq secondes, il sera réduit en guimauve !

— Impossible ! s'écria Mr. Wonka. Impensable ! Inconcevable ! Absurde ! Il ne pourra jamais être réduit en guimauve !

— Et pourquoi pas, puis-je le savoir ? hurla Mrs. Gloop.

— Parce que ce tuyau ne conduit pas dans la salle à guimauve ! répondit Mr. Wonka. Même pas à proximité de cette salle ! Ce tuyau — celui par où est monté Augustus — ce tuyau conduit directement à la salle où je produis la plus délicieuse des nougatines parfumées à la fraise, enrobée de chocolat... »

— Alors il va être changé en nougatine à la fraise enrobée de chocolat ! se lamenta Mrs. Gloop. Mon pauvre petit Augustus ! On le vendra au kilo, dès demain, dans tout le pays !

— Exactement, dit Mr. Gloop.

— J'en suis sûre, dit Mrs. Gloop.

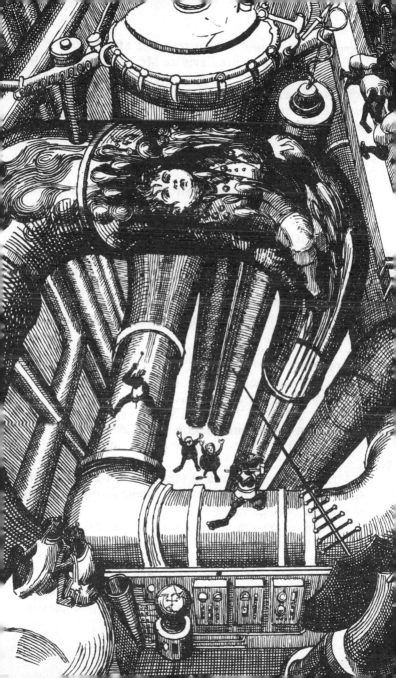

— Ce n'est plus drôle du tout, dit Mr. Gloop.

— Ce ne doit pas être l'avis de Mr. Wonka ! cria Mrs. Gloop. Regardez-le ! Il rit aux éclats ! Comment osez-vous rire alors que mon petit garçon est emporté par le tuyau ! Monstre ! hurla-t-elle en braquant son parapluie sur Mr. Wonka comme pour le transpercer. Vous croyez que c'est drôle ? Vous croyez que c'est une grosse plaisanterie que de faire aspirer mon garçon jusque dans votre salle à nougatine ?

— Il sera sain et sauf, dit Mr. Wonka, toujours secoué de rire.

— Il sera transformé en nougatine ! hurle Mrs. Gloop.

— Jamais de la vie ! cria Mr. Wonka.

— Si ! Je le sais ! rugit Mrs. Gloop.

— Je ne le permettrais jamais ! cria Mr. Wonka.

— Et pourquoi pas ? hurla Mrs. Gloop.

— Parce que ce serait indigeste, dit Mr. Wonka. Vous voyez un Gloop farci d'Augustus, enrobé de chocolat ? Personne n'en voudrait !

— Tout le monde en voudra ! cria Mr. Gloop avec indignation.

— Je ne veux même pas y penser ! hurla Mrs. Gloop.

— Moi non plus, dit Mr. Wonka. Et je vous garantis, madame, que votre enfant chéri est en parfaite santé.

— S'il est en parfaite santé, je veux savoir où il est ! dit vivement Mrs. Gloop. Je veux le voir tout de suite ! »

Mr. Wonka se retourna et claqua trois fois des doigts. Aussitôt, comme par miracle, un Oompa-Loompa surgit et s'arrêta près de lui.

L'Oompa-Loompa s'inclina en montrant ses belles dents blanches. Sa peau était presque noire et le sommet de sa tête crépue arrivait juste au genou de Mr. Wonka. Il portait la rituelle peau de daim jetée sur l'épaule.

« Écoute-moi bien ! dit Mr. Wonka en se penchant vers le petit bout d'homme. Conduis Mr. et Mrs. Gloop dans la salle à nougatine. Tu dois les aider à retrouver leur fils, Augustus, que le tuyau vient d'emporter. »

L'Oompa-Loompa jeta un coup d'œil sur Mrs. Gloop et éclata de fou rire.

« Oh ! tais-toi ! dit Mr. Wonka. Domine-toi ! Fais un effort ! Mrs. Gloop pense que ce n'est pas drôle du tout !

— Ça, vous pouvez le dire ! dit Mrs. Gloop.

— Cours à la salle à nougatine, dit Mr. Wonka à l'Oompa-Loompa, et, une fois arrivé, prends un long bâton et mets-toi à fouiller la grosse barrique à chocolat. Je suis presque sûr que tu l'y trouveras. Mais cherche bien ! Et dépêche-toi ! Si tu le laisses trop longtemps dans la barrique à chocolat, il risque d'être versé dans la bouilloire à nougatine, et alors, ce serait un vrai désastre, n'est-ce pas ? Ma nougatine en deviendrait tout à fait indigeste ! »

Mrs. Gloop poussa un long cri de fureur.

« Je plaisante, dit Mr. Wonka en riant dans sa barbe. Je ne parle pas sérieusement. Pardonnez-moi. Je suis navré. Au revoir, Mrs. Gloop ! Au revoir, Mr. Gloop ! A tout à l'heure... »

Dès que Mr. et Mrs. Gloop et leur petite escorte eurent quitté la salle, les cinq Oompa-Loompas qui se trouvaient sur l'autre rive se mirent à sauter, à danser et à battre comme des fous de minuscules tambours. « Augustus Gloop ! chantaient-ils. Augustus Gloop ! Augustus Gloop ! Augustus Gloop ! »

« Grand-papa ! s'écria Charlie. Écoute-les, grand-papa ! Qu'est-ce que c'est ?

— Chut ! fit grand-papa Joe. Je pense qu'ils vont nous chanter une chanson ! »

Augustus Gloop ! chantèrent les Oompa-Loompas.
Augustus Gloop ! Augustus Gloop !
Tu l'as bien méritée, ta soupe !
On en a assez de te voir
Qui te remplis le réservoir.

Joufflu, bouffi, gourmand, glouton,
Énorme comme un gros cochon.
Toujours, et désespérément,
Il ennuiera petits et grands.
Normalement, c'est en douceur
Qu'on dompte le marmot frondeur,
On le transforme sur-le-champ
En quelque chose d'amusant ;
En un ballon, un jeu de l'oie,
Un baigneur, un dada en bois.
Mais pour ce gamin révoltant,
Nous procédons tout autrement.
Goulu, ventru, insociable,
Il laisse un goût peu agréable
Dans notre bouche, et c'est pourquoi
Il faut d'abord qu'on le nettoie.
Alors, vivement, le tuyau !
Et puis, en route, par monts et vaux !
Et bientôt il fera escale
Dans une bien étrange salle.
Ne craignez rien, mes petits chats,
Augustus ne souffrira pas ;
Pourtant, il faudra bien l'admettre,
Il se transformera peut-être
Après avoir fait quelques tours
Dans la machine à petits fours.
Alors que les roues tourneront
Avec leurs dents d'acier, ron, ron,
Et que cent lames feront le reste,
Nous ajoutons un peu de zeste,
Un peu de sucre, un peu de lait,
Pour un résultat plus parfait ;
Une minute de cuisson, au moins,
Pour être tout à fait certains
Que de tous ses vilains symptômes
Il ne reste plus un atome.

Puis, le voilà sorti ! Bon dieu !
Un vrai miracle aura eu lieu !
Ce gars qui, voilà peu de temps
Faisait hurler petits et grands,
L'hippopotame, la brute immonde
Va être aimée de tout le monde :
Car qui pourrait faire grise mine
A un bâton de nougatine ?

« Je vous l'ai bien dit, ils adorent chanter ! s'écria Mr. Wonka. Ne sont-ils pas délicieux ? Ne sont-ils pas charmants ? Mais il ne faut pas croire un mot de ce qu'ils disent. Ils disent n'importe quoi, pour rire !

— Est-il vrai, grand-papa, que les Oompa-Loompas ne font que plaisanter ? demanda Charlie.

— Bien sûr qu'ils plaisantent, répondit grand-papa Joe. Ils plaisantent sans aucun doute. Du moins, je l'espère. Et toi ? »

En descendant la rivière de chocolat...

« En route ! cria Mr. Wonka. En route, tout le monde, dépêchons-nous ! Nous allons visiter la prochaine salle ! Suivez-moi. Et ne vous tourmentez pas pour Augustus Gloop. Il s'en tirera. Ils s'en tirent toujours. Nous poursuivons notre voyage en bateau. Le voilà qui arrive ! Regardez ! »

Un fin brouillard enveloppa la grande rivière de chocolat chaud et, soudain, il s'en détacha un bateau rose absolument fantastique. C'était un grand bateau à rames, haut devant et derrière, une sorte de caravelle des temps anciens, d'un rose si étincelant et si lumineux qu'on eût dit du verre rose. De chaque côté, il avait des tas de rames, et à mesure qu'il approchait, les visiteurs assemblés sur la rive pouvaient voir les rameurs, une foule d'Oompa-Loompas — dix, au moins, par rame.

« C'est mon yacht personnel ! s'écria Mr. Wonka, tout

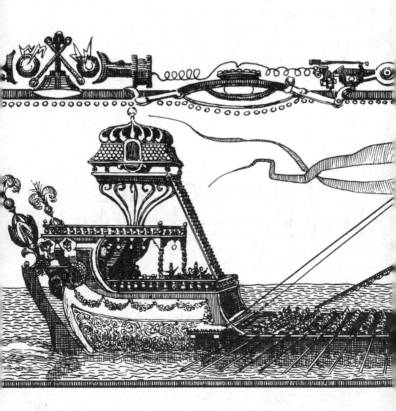

rayonnant de plaisir. Je l'ai taillé dans un énorme bloc de fondant ! N'est-il pas beau ? Voyez comme il sillonne la rivière ! »

L'éblouissant bateau de fondant rose se dirigeait vers le rivage. Une centaine d'Oompa-Loompas, appuyés à leurs rames, levèrent les yeux sur les invités. Puis soudain, pour une raison qu'ils étaient sans doute les seuls à connaître, ils éclatèrent de rire.

« Qu'y a-t-il de si drôle ? demanda Violette Beauregard.

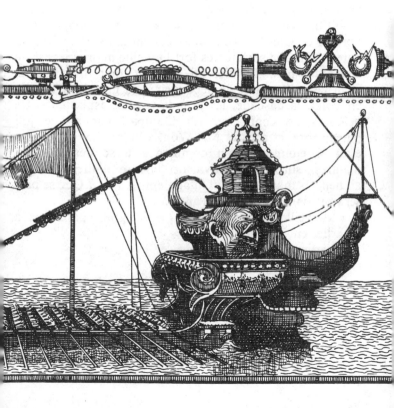

« — Oh ! Ne t'en fais pas ! cria Mr. Wonka. Ils rient tout le temps ! Ils pensent que tout n'est que plaisanterie ! Sautez tous à bord ! Allons ! Dépêchons-nous ! »

Dès que tout le monde fut embarqué, les Oompa-Loompas levèrent l'ancre et se mirent à ramer. Le bateau se mit à descendre la rivière à toute allure.

« Hé, là-bas ! Mike Teavee ! hurla Mr. Wonda. Ne lèche pas le bateau, veux-tu ? Tu vas me l'abîmer !

— Papa, dit Veruca Salt, je veux un bateau comme celui-ci ! Je veux que tu m'achètes un grand bateau en fondant rose, exactement comme celui de Mr. Wonka ! Et je veux des tas d'Oompa-Loompas qui rameront, et je veux une rivière de chocolat et je veux... je veux...

— Elle veut une bonne fessée », dit grand-papa Joe à l'oreille de Charlie. Tous deux étaient assis à l'arrière du bateau. Charlie serrait très fort la vieille main noueuse de son grand-père. La tête lui tournait, tant il était ému. Tout ce qu'il venait de découvrir — la grande rivière de chocolat, la cascade, les grands tuyaux aspirateurs, les pelouses de confiserie, les Oompa-Loompas, le joli bateau rose, et surtout Mr. Wonka lui-même — tout cela était si étonnant qu'il commença à se demander si d'autres surprises pouvaient encore l'attendre. Où allaient-ils maintenant ? Qu'allaient-ils voir ? Que se passerait-il dans la salle suivante ?

« Merveilleux, n'est-ce pas ? » dit grand-papa Joe à Charlie, en souriant.

Charlie lui rendit son sourire.

Soudain, Mr. Wonka, qui était assis de l'autre côté de Charlie, prit dans le fond du bateau une grande chope, la plongea dans la rivière pour la remplir de chocolat et la tendit à Charlie. « Bois, dit-il. Ça te fera du bien ! Tu as l'air mort de faim ! »

Puis Mr. Wonka remplit une autre chope, pour grand-papa Joe. « Vous aussi, dit-il. Vous avez l'air d'un squelette ! Que se passe-t-il ? N'y avait-il donc rien à manger chez vous, ces derniers temps ?

— Pas grand-chose », dit grand-papa Joe.

Charlie porta la chope à ses lèvres. Le chocolat chaud, riche et onctueux, descendit dans son estomac vide, et il sentit dans tout son corps des picotements de plaisir. Une impression de bonheur intense l'envahit tout entier.

« C'est bon ? demanda Mr. Wonka.

— Oh ! C'est merveilleux ! dit Charlie.

— Je n'ai jamais bu de chocolat aussi délicieux, aussi onctueux ! dit grand-papa Joe en se léchant les lèvres.

— C'est qu'il a été fouetté par la cascade », dit Mr. Wonka.

Le bateau glissait rapidement sur la rivière qui, elle, devenait de plus en plus étroite. Puis ils se trouvèrent nez à nez avec une sorte de tunnel noir, un grand tunnel rond comme un énorme tuyau — et la rivière passait juste au-dessous de ce tunnel. Le bateau, lui aussi, devait passer ! « Allez, ramez ! » hurla Mr. Wonka. Il sauta sur ses pieds et agita sa canne. « En avant ! Plus vite ! » Et tandis que les Oompa-Loompas ramaient plus vite que jamais, le bateau s'engouffra dans le tunnel noir comme poix, et tous les passagers poussèrent des cris d'épouvante.

« Comment peuvent-ils voir où ils vont ? cria Violette Beauregard, dans l'obscurité.

— Pas moyen de savoir où ils vont ! » cria Mr. Wonka dans un diabolique éclat de rire.

> Pas moyen de vous dire
> Où nous porte mon navire,
> Sur l'eau noire qui soupire
> Sous les rames de mes sbires,
> On n'a pas le cœur à rire,
> Et si mon bateau chavire,
> Dépêchez-vous d'en sourire...

« Il a l'esprit dérangé ! » s'écria l'un des pères, consterné, et les autres parents se mirent à hurler en chœur. « Il est fou ! » crièrent-ils.

« Il est cinglé ! »
« Il est sonné ! »
« Il est cintré ! »
« Il est marteau ! »
« Il est piqué ! »
« Il est tapé ! »
« Il est timbré ! »
« Il est toc-toc ! »
« Il est maboul ! »
« Il est dingue ! »
« Il est cinoque ! »
« Pas du tout ! », dit grand-papa Joe.

« Allumez les lampes ! » cria Mr. Wonka. Et soudain, les lumières éclatèrent. Tout le tunnel apparut brillamment éclairé, et Charlie constata qu'ils se trouvaient réellement à l'intérieur d'un tube gigantesque dont les parois concaves étaient d'un blanc immaculé. La rivière de chocolat coulait très rapidement et tous les Oompa-Loompas ramaient comme des fous tandis que le bateau avançait à une vitesse incroyable. A l'arrière du bateau, Mr. Wonka encourageait en bondissant les rameurs à ramer plus vite, toujours plus vite. Cette croisière-éclair, en bateau rose, par le tunnel blanc, semblait l'amuser follement. Il battait des mains, il riait, sans jamais quitter des yeux ses passagers afin de voir s'ils s'amusaient autant que lui.

« Regarde, grand-papa ! s'écria Charlie. Il y a une porte dans le mur ! » Cette porte qui était verte se trouvait légèrement au-dessus du niveau de la rivière. C'est tout juste s'ils pouvaient déchiffrer en passant ce qui était écrit sur cette porte : HALLE DE DÉPOT Nº 54 : TOUTES LES CRÈMES : CRÈME FRAÎCHE, CRÈME FOUETTÉE,

CRÈME DE VIOLETTE, CRÈME DE CAFÉ, CRÈME D'ANANAS, CRÈME DE VANILLE ET CRÈME A RASER.

« Crème à raser ? cria Mike Teavee. Comment ? Vous en mettez dans vos chocolats ?

— En avant ! hurla Mr. Wonka. Ce n'est pas le moment de répondre à des questions stupides. »

Ils passèrent en flèche devant une porte noire. HALLE DE DÉPÔT Nº 71, disait l'écriteau. FOUETS. TOUTES FORMES ET TOUTES TAILLES.

« Des fouets ! s'étonna Veruca Salt. Qu'en faites vous ?

— C'est pour fouetter la crème, naturellement, dit Mr. Wonka. Comment veux-tu fouetter une crème sans fouet ? Une crème fouettée n'est pas une crème fouettée tant qu'elle n'est pas fouettée avec un fouet. Comme un œuf volé n'est pas un œuf volé s'il n'a pas été chipé dans un bois, en pleine nuit ! En avant s'il vous plaît ! »

Ils passèrent devant une porte jaune où on pouvait lire : HALLE DE DÉPÔT Nº 77 : TOUS LES GRAINS, GRAINS DE CACAO, GRAINS DE CAFÉ, GRAINS DE MARMELADE ET GRAINS DE BEAUTÉ.

« Grains de beauté ? s'écria Violette Beauregard.

— Oui, comme celui que tu as sur le nez ! dit Mr. Wonka. Ce n'est pas le moment de discuter ! En avant ! Plus vite ! » Mais lorsque, au bout de cinq minutes, apparut une porte rouge vif, il leva soudain sa canne à pommeau d'or et cria : « Arrêtez le bateau ! »

La salle des inventions. Bonbons inusables et caramels à cheveux

Lorsque Mr. Wonka cria : « Arrêtez le bateau ! », les Oompa-Loompas enfoncèrent leurs rames dans la rivière et ramèrent furieusement à rebours. Le bateau s'immobilisa.

Les Oompa-Loompas venaient de ranger le bateau devant la porte rouge. Sur cette porte, on pouvait lire : SALLE DES INVENTIONS – PRIVÉ – ENTRÉE INTERDITE. Mr. Wonka prit une clef dans sa poche, se pencha par-dessus bord et glissa la clef dans la serrure.

« Ceci est la salle la plus importante de toute mon usine ! dit-il. C'est ici que mijotent mes dernières inventions les plus secrètes ! Que ne donnerait le vieux Fickelgruber s'il pouvait entrer ici, ne fût-ce que pour trois minutes ! Sans parler de Prodnose, de Slugworth et de tous les autres petits chocolatiers miteux ! Et maintenant, écoutez-moi ! Vous ne salirez rien, en entrant ici ! Vous ne toucherez à rien ! Vous ne tripoterez rien ! Vous ne goûterez de rien ! Promis ?

— Oui ! Oui ! crièrent les enfants. C'est promis !

— Jusqu'à ce jour, dit Mr. Wonka, personne, pas même un Oompa-Loompa, n'a eu le droit d'entrer ici ! » Il ouvrit la porte et quitta le bateau pour la salle, suivi des quatre enfants et de leurs parents.

« Ne touchez à rien ! cria Mr. Wonka. Et ne renversez rien ! »

Charlie Bucket promena ses regards sur la salle gigantesque. On eût dit une cuisine de sorcière ! Dans tous les coins, il y avait des marmites en métal noir, fumant et bouillonnant sur de grands fourneaux, des bouilloires sifflantes et des poêles à frire ronronnantes, d'étranges machines de fer qui crachotaient et cliquetaient, et des tuyaux qui couraient le long du plafond et des murs, le tout enveloppé de fumée, de vapeurs, de riches et délicieux parfums.

Quant à Mr. Wonka, il semblait encore plus vif, plus agité que d'habitude. On voyait bien que c'était là sa salle préférée. Il sautillait au milieu des casseroles et des machines comme un enfant parmi ses cadeaux de Noël, ne sachant par où commencer. Il souleva le couvercle d'une grande marmite et renifla : puis il trempa un doigt dans une barrique pour goûter une masse jaune et visqueuse : puis il alla à grands pas vers l'une des machines et tourna à gauche et à droite une demi-douzaine de boutons ; puis il jeta un long regard inquiet par la portière vitrée d'un gigantesque fourneau, se frotta les mains et rit tout doucement, l'air satisfait. Puis il courut vers une autre machine petite et brillante, et qui émettait d'inlassables « *Phut - phut - phut - phut* », et à chaque « *phut* », il en tombait une grosse bille verte. Du moins, cela ressemblait à des billes.

« Des bonbons acidulés inusables ! s'écria fièrement Mr. Wonka. La dernière nouveauté ! Je les ai inventés pour les enfants qui n'ont que très peu d'argent de poche. Prenez un de ces bonbons, et sucez-le, sucez-le, sucez-le, il ne deviendra jamais plus petit !

— C'est comme du chewing-gum ! s'écria Violette Beauregard.

— Ce n'est pas comme du chewing-gum, dit Mr. Wonka. La gomme doit être mâchée, mais tu te casserais les dents sur ces bonbons-là. Cependant ils ont un goût fabuleux ! Et ils changent de couleur une fois par semaine ! Et ils ne s'usent jamais ! JAMAIS ! C'est du moins ce que je pense. L'un d'eux est mis à l'épreuve, en ce moment même, dans la pièce voisine qui me sert de laboratoire. Un Oompa-Loompa est en train de le sucer. Cela fait déjà un an qu'il le suce sans arrêt, et il tient bon !

« Dans ce coin-là, poursuivit Mr. Wonka en traversant la salle à pas vifs, dans ce coin, je suis en train d'inventer une toute nouvelle espèce de caramels ! » Il s'arrêta près d'une grande casserole. La casserole était pleine d'une mélasse violâtre, bouillonnante et moussante. Le petit Charlie se hissa sur la pointe des pieds pour mieux la voir.

« C'est du caramel qui fait pousser les cheveux ! cria Mr. Wonka. Il suffit d'en avaler une toute petite pincée et, au bout d'une demi-heure exactement, il vous pousse sur toute la tête une superbe crinière ! Et des moustaches ! Et une barbe !

— Une barbe ! s'écria Veruca Salt. Qui peut bien avoir envie d'une barbe ?

— Elle t'irait très bien, dit Mr. Wonka, mais, malheureusement, le mélange n'est pas encore au point. Il est trop fort. Il est trop actif. Je l'ai essayé hier sur un Oompa-Loompa, dans mon laboratoire, et aussitôt, une grande barbe noire lui a poussé, et cette barbe a poussé si vite que bientôt le sol était couvert de tout un tapis chevelu. Elle poussait si vite qu'elle résistait aux ciseaux, impossible de la couper ! A la fin, nous avons dû nous servir d'une tondeuse à gazon pour en venir à bout ! Mais bientôt, mon mélange sera prêt à l'usage ! Et alors, plus d'excuse pour les petits garçons et les petites filles qui se promènent le crâne chauve !

— Mais, Mr. Wonka, dit Mike Teavee, les petits garçons et les petites filles ne se promènent jamais le...

— Ne discutons pas, mon petit, ne discutons pas ! cria

98

Mr. Wonka. Nous n'avons pas une minute à perdre ! Maintenant, si vous voulez vous donner la peine de me suivre, je vais vous montrer quelque chose dont je suis terriblement fier. Oh ! Prenez garde ! Ne renversez rien ! Reculez ! »

La grande machine à chewing-gum

Mr. Wonka conduisit le groupe à une gigantesque machine qui se dressait au centre même de la salle des inventions. Une montagne de luisant métal, dominant de très haut les enfants et leurs parents. Tout en haut, elle portait quelques centaines de fins tubes de verre, et tous ces tubes étaient courbés vers le bas, formant un bouquet suspendu au-dessus d'un énorme récipient, aussi grand qu'une baignoire.

« Et voilà ! » cria Mr. Wonka, puis il pressa sur trois différents boutons qui faisaient partie de la machine. Au bout d'une seconde, on entendit un effroyable grondement. Toute la machine était secouée de façon inquiétante, dégageant de la fumée de toutes parts, et soudain, les spectateurs virent couler du liquide dans tous les petits tubes de verre, en direction de la grande cuve. Et dans chacun des petits tubes, le liquide était d'une couleur différente, si bien que toutes les couleurs de l'arc-en-ciel (et bien d'autres encore) se rencontraient dans un formidable éclaboussement. C'était un très joli spectacle. Et lorsque la cuve fut presque pleine, Mr. Wonka appuya sur un autre bouton et, aussitôt, le liquide cessa de couler à l'intérieur des tubes, le grondement se tut pour faire place à un mélange de bourdonnements et de sifflements, puis un tourniquet géant se mit à virevolter dans l'énorme cuve, frappant les liquides multicolores comme un ice-cream-soda. Petit à petit, le mélange se mit à mousser. La mousse se fit de plus en plus abondante, virant du bleu au blanc, du vert au brun, puis du jaune au noir pour redevenir bleue à la fin.

« Attention ! » dit Mr. Wonka.

Il y eut un déclic et le tourniquet s'arrêta. Alors on entendit une sorte de bruit de succion, et, très rapidement, tout le mélange bleu et mousseux de la grande cuve fut aspiré jusque dans le ventre de la machine. Après un bref silence, il y eut quelques grondements bizarres. Puis ce fut encore le silence. Et soudain, la machine poussa une plainte monstrueuse et au même instant, un minuscule tiroir (pas plus grand que celui d'un distributeur automatique) sortit brusquement du flanc de la machine, et dans ce tiroir, quelque chose de si petit, de si plat, de si gris que tout le monde crut à une erreur. On aurait dit un petit bout de carton gris.

Les enfants et leurs parents ouvrirent de grands yeux sur ce petit bout de carton gris blotti dans le tiroir.

« C'est tout ? dit Mike Teavee, l'air déçu.

— C'est tout, répondit, plein de fierté, Mr. Wonka. Tu ne sais donc pas ce que c'est ? »

Il y eut un silence. Puis soudain, Violette Beauregard, mâcheuse de gomme chevronnée, poussa un long cri hystérique. « Mais c'est de la gomme ! hurla-t-elle. C'est une barre de chewing-gum !

— Exact ! » s'écria Mr. Wonka. Il donna une tape dans le dos de Violette. « C'est une barre de gomme. Et cette gomme est la plus étonnante, la plus fabuleuse, la plus sensationnelle du monde ! »

Adieu, Violette!

« Cette gomme, poursuivit Mr. Wonka, est la dernière, la plus importante, la plus fascinante de mes inventions ! C'est un vrai repas ! C'est... c'est... c'est... cette minuscule bande de gomme que vous voyez là est à elle seule un véritable dîner composé de trois plats !

— Que racontez-vous là ? C'est insensé ! dit l'un des pères.

— Cher monsieur ! s'écria Mr. Wonka, cette gomme, une fois mise en vente dans les boutiques, changera la face du monde ! Ce sera la fin des plats cuisinés ! Plus de marché à faire ! Plus de boucheries, plus d'épiceries ! Plus de couteaux, plus de fourchettes ! Plus d'assiettes ! Plus de vaisselle à laver ! Plus de détritus ! Plus de pagaille ! Rien qu'une petite barre magique de chewing-gum Wonka ! Elle remplacera votre petit déjeuner, votre déjeuner, votre souper ! Ce morceau de gomme que vous voyez là représente justement une soupe à la tomate, un rosbif et une tarte aux myrtilles. Mais le choix est grand ! Vous trouverez presque tout ce qui vous plaira !

— Soupe à la tomate, rosbif, tarte aux myrtilles ? Que voulez-vous dire par là ? demanda Violette Beauregard.

— Il suffit de mâcher cette gomme, dit Mr. Wonka, pour avoir exactement l'impression de manger ce menu.

C'est absolument stupéfiant ! Vous croyez avaler réellement votre nourriture, vous la sentez qui descend jusque dans votre estomac ! Et vous mangez avec appétit ! Et après, vous avez le ventre plein ! Vous mangez à votre faim ! C'est formidable !

— C'est tout à fait impossible, dit Veruca Salt.

— Du moment que c'est de la gomme, hurla Violette Beauregard, de la gomme qui se mâche, ça m'intéresse ! » Cela dit, elle recracha son bout de chewing-gum voué à tous les records du monde et se le colla derrière l'oreille gauche. « A nous deux, Mr. Wonka, dit-elle, passez-moi votre fameuse gomme magique et nous verrons bien ce que ça donne !

— Voyons, Violette, dit Mrs. Beauregard, sa mère, tu vas encore faire des bêtises !

— Il me faut cette gomme ! dit Violette avec obstination. Ce n'est pas une bêtise.

— Il vaudra mieux que tu ne la prennes pas, dit avec douceur Mr. Wonka. Vois-tu, elle n'est pas encore tout à fait au point. Il y a encore quelques détails...

— Cause toujours ! » dit Violette, et soudain, avant même que Mr. Wonka pût intervenir, elle étendit une main potelée, sortit la gomme de son tiroir et la prit dans sa bouche. Et aussitôt, ses larges mâchoires bien entraînées se mirent à travailler comme une paire de tenailles.

« Arrête ! dit Mr. Wonka.

— Fabuleux ! hurla Violette. Du tonnerre, cette soupe à la tomate ! Chaude, épaisse, délicieuse ! Et ça descend !

— Arrête ! dit Mr. Wonka. Cette gomme n'est pas prête ! Elle n'est pas au point !

— Mais si, mais si ! dit Violette. Elle fonctionne à merveille ! Oh ! Mon Dieu ! Quelle bonne soupe !

— Recrache-la ! dit Mr. Wonka.

— Ça change ! hurla Violette, tout en mastiquant, avec un large sourire. Voici le second plat ! Du rosbif ! Oh ! Comme il est tendre et succulent ! Et ces patates ! Elles ont la peau croustillante, puis, à l'intérieur, il y a du beurre !

— Comme c'est in-té-res-sant, Violette, dit Mrs. Beauregard. Tu es une fille sensée, vraiment.

— Vas-y, ma fille ! dit Mr. Beauregard. Continue, mon lapin ! C'est un grand jour pour les Beauregard ! Notre petite fille est la première au monde à manger un repas-chewing-gum ! »

Tous les regards étaient fixés sur Violette Beauregard, en train de mâcher cette gomme extraordinaire. Le petit Charlie était comme hypnotisé par le spectacle de ses lèvres épaisses et mobiles qui s'ouvraient et se refermaient. A ses côtés, grand-papa Joe paraissait également fasciné. Mr. Wonka, lui, se tordait les mains en répétant : « Non, non, non, non, non ! Cette gomme n'est pas prête ! Elle n'est pas bonne ! Tu n'aurais pas dû !

— Et voici la tarte aux myrtilles à la crème ! hurla Violette. Ça y est ! Oh ! C'est tout à fait ça ! C'est épatant ! C'est... c'est tout à fait comme si je l'avalais ! Comme si j'avalais de bonnes cuillerées de la plus merveilleuse tarte aux myrtilles du monde !

— Ciel ! Ma fille ! s'écria soudain Mrs Beauregard, les yeux posés sur Violette, qu'est-ce qui arrive à ton nez !

— Oh ! Tais-toi, mère, et laisse-moi finir ! dit Violette.

— Il vire au bleu ! hurla Mrs. Beauregard. Ton nez devient bleu comme une myrtille !

— Ta mère a raison ! hurla à son tour Mr. Beauregard. Tu as le nez tout violet !

— Que voulez-vous dire ? dit Violette sans cesser de mastiquer.

— Tes joues ! hurla Mrs. Beauregard. Elles virent au bleu aussi ! Et ton menton ! Toute ta figure est bleue !

— Recrache immédiatement cette gomme ! ordonna Mr. Beauregard.

— Pitié ! Au secours ! hurla Mrs. Beauregard. Ma fille est en train de devenir bleue et mauve partout ! Même ses

cheveux changent de couleur ! Violette ! Te voilà violette ! Qu'est-ce qu'il t'arrive ?

— Je t'avais bien dit qu'elle n'était pas au point, soupira Mr. Wonka en secouant tristement la tête.

— Ça, vous pouvez le dire ! cria Mrs. Beauregard. Ma
pauvre fille ! Voyez ce qu'elle est devenue ! »

Tous les yeux étaient fixés sur Violette. Quel terrible et
singulier spectacle ! Son visage, ses mains, ses jambes et
son cou, en fait, toute sa peau, sans oublier sa chevelure
bouclée, tout était d'un bleu-violet éclatant, exactement
comme du jus de myrtille !

« Ça se gâte *toujours* au dessert, soupira Mr. Wonka.
C'est la faute de cette tarte aux myrtilles. Mais un jour,
j'y arriverai, vous verrez !

— Violette, hurla Mrs. Beauregard, te voilà qui gros-
sis !

— Je ne me sens pas bien, dit Violette.

— Tu gonfles ! hurla Mrs. Beauregard.

— Je me sens bizarre ! suffoqua Violette.

— Ça ne m'étonne pas ! dit Mr. Beauregard.

— Ciel ! hurla Mrs. Beauregard. Tu gonfles comme un
ballon, ma fille !

— Comme une myrtille, dit Mr. Wonka.

— Vite, un médecin ! cria Mr. Beauregard.

— Piquez-la avec une épingle ! dit l'un des pères.

— Sauvez-la ! » pleura Mrs. Beauregard en se tordant
les mains.

Mais il n'y avait pas moyen de la sauver pour l'instant.
Son corps s'arrondissait toujours, changeant d'aspect
avec une rapidité telle qu'au bout d'une minute il se fut
transformé en une énorme boule bleue — une gigantesque
myrtille. Tout ce qui restait de Violette elle-même était
une minuscule paire de jambes et une minuscule paire de
bras plantés dans le gros fruit rond, et une toute petite
tête posée au sommet.

« C'est *toujours* la même chose, soupira Mr. Wonka.

Je l'ai essayée vingt fois dans mon laboratoire, sur vingt Oompa-Loompas, et tous les vingt ont fini par être changés en myrtilles. C'est très ennuyeux. Je n'y comprends vraiment rien.

— Mais je ne veux pas de myrtille pour fille ! hurla Mrs. Beauregard. Réparez-la-moi vite, pour qu'elle soit comme avant ! »

Mr. Wonka claqua des doigts, et dix Oompa-Loompas apparurent aussitôt à ses côtés.

« Roulez Miss Beauregard dans le bateau, leur dit-il, et conduisez-la vite à la salle aux jus de fruits.

— La *salle aux jus de fruits ?* s'écria Mrs. Beauregard. Qu'est-ce qu'ils vont en faire, là-bas ?

— La presser, dit Mr. Wonka. Il faut qu'elle perde immédiatement tout son jus. Après, nous verrons bien. Mais ne vous tourmentez pas, chère Mrs. Beauregard. Nous vous la réparerons, quoi qu'il arrive. Je suis navré, vraiment... »

Déjà les dix Oompa-Loompas roulaient l'énorme myrtille à travers la salle des inventions, vers la porte qui s'ouvrait sur la rivière de chocolat où les attendait le bateau. Mr. et Mrs. Beauregard les suivirent en courant. Ce qui restait du groupe, y compris Charlie Bucket et grand-papa Joe, demeura immobile en les regardant s'éloigner.

« Écoute ! chuchota Charlie. Écoute, grand-papa ! Les Oompa-Loompas se remettent à chanter ! »

Les voix, une centaine de voix chantant en chœur, leur parvenaient distinctement depuis le bateau :

> *Chers amis, il faut bien savoir*
> *Que rien n'est moins joli à voir*
> *Qu'un petit monstre dégoûtant*
> *Mâchant de la gomme tout le temps.*
> *(C'est presque aussi mal, avouez,*
> *Que d'avoir les doigts dans le nez.)*
> *On vous le dit, et c'est bien vrai :*
> *Le chewing-gum ne paie jamais ;*
> *Cette habitude déplorable*
> *Appelle une fin bien lamentable.*
> *Connaissez-vous la triste histoire*
> *De mademoiselle Pipenoire ?*
> *La redoutable mijaurée*
> *Mastiquait toute la journée.*
> *Elle mastiquait, soir et matin,*
> *A l'église, au bal, dans son bain,*
> *Dans l'autobus, dans l'ascenseur,*
> *Vraiment, ça vous soulevait le cœur !*
> *Et, ayant égaré sa gomme,*
> *Elle mâchait du linoléum,*
> *Tout ce qui était à sa hauteur,*
> *Des gants, l'oreille du facteur,*
> *Le jupon bleu de sa belle-sœur,*
> *Et même le nez de son danseur.*

Elle mâchait, mâchait sans répit.
Sa mâchoire s'en ressentit
Et l'envergure de son menton
Fut celle d'une boîte à violon.
Ainsi passèrent les années :
Cinquante paquets par journée !
Jusqu'à ce fameux soir d'été
Où elle fut bien embêtée.
Après avoir lu dans son lit,
Tout en mâchant, elle s'endormit,
Tout en faisant, dans la nuit noire
Travailler dur ses mâchoires.
Comme elle n'avait rien sous la dent
Ce fut d'autant plus trépidant,
Elle était si bien entraînée
Qu'elle ne pouvait plus s'arrêter.
Ça faisait tic-tac dans le noir
Avec un vrai bruit de battoir
Sa bouche, telle une porte cochère
S'ouvrait dans un bruit de tonnerre.
Enfin, sa mâchoire géante
Bâilla — et demeura béante,
Béante pour un bon moment,
Puis se referma violemment
Et, sous le couperet hideux
Elle eut la langue coupée en deux !
Muette pour le reste de ses jours
Elle fit un très long séjour
A l'affreux sanatorium.
Tout cela à cause du chewing-gum !
C'est pour cela que, sans retard,
Faut empêcher Miss Beauregard
De souffrir le même martyre.
Il faut lui éviter le pire
Comme elle est jeune, l'espoir est grand
Qu'elle survivra à son traitement.

Le long du corridor

« Et voilà, soupira Mr. Willy Wonka. Deux méchants enfants nous quittent. Restent trois enfants sages. Je pense qu'il vaudra mieux sortir d'ici le plus vite possible, avant de perdre encore quelqu'un !

— Mais, Mr. Wonka, dit anxieusement Charlie Bucket, est-ce que Violette Beauregard redeviendra comme avant, ou bien sera-t-elle toujours une myrtille ?

— Ils ne tarderont pas à lui faire perdre tout son jus ! déclara Mr. Wonka. Ils vont la rouler jusque dans le pressoir, et elle en ressortira mince comme un fil !

— Mais sera-t-elle toujours bleue partout ? demanda Charlie.

— Elle sera *violette* ! proclama Mr. Wonka. D'un beau et riche violet, de la tête aux pieds ! Mais c'est bien fait ! C'est ce qui arrive quand on mâche cette gomme répugnante à longueur de journées !

— Si vous trouvez la gomme répugnante, dit Mike Teavee, pourquoi en fabriquez-vous ?

— Parle distinctement, dit Mr. Wonka. Je ne comprends pas un mot de ce que tu dis. En route ! Allons-y ! Dépêchons-nous ! Suivez-moi ! Nous allons repasser par les corridors ! » Cela dit, Mr. Wonka traversa en courant la salle des inventions pour ouvrir une petite porte

109

secrète, dissimulée par des tas de tuyaux et de fourneaux, suivi des trois enfants — Veruca Salt, Mike Teavee et Charlie Bucket — et des cinq adultes qui restaient en course.

Charlie Bucket reconnut l'un de ces longs corridors roses coupés de beaucoup d'autres corridors roses. Mr. Wonka galopait en tête, tournant à gauche et à droite, à droite et à gauche, et grand-papa Joe dit : « Serre bien ma main, Charlie. Ce ne doit pas être drôle de se perdre ici. »

Mr. Wonka, lui, disait : « Plus de temps à perdre ! A ce train-là, nous n'arriverons plus nulle part ! » Et il filait par d'interminables corridors roses, avec son chapeau haut de forme noir et son habit couleur de prune dont la queue flottait derrière lui comme un drapeau au vent.

Ils passèrent devant une porte. « Pas le temps d'entrer ! cria Mr. Wonka. Allons ! Pressons ! »

Ils passèrent devant une autre porte, puis une autre et encore une autre. Il y en avait une à peu près à tous les vingt pas, et chacune portait un écriteau. D'étranges bruits métalliques en sortaient, des parfums délicieux filtraient par les trous de serrures, et quelquefois, de petits jets de vapeur colorés s'échappaient par les fentes.

Grand-papa Joe et Charlie devaient courir vite pour maintenir l'allure, mais ils parvenaient néanmoins à lire quelques inscriptions en passant. OREILLERS MANGEABLES EN PATE DE GUIMAUVE, disait l'une d'elles.

« Formidables, les oreillers de guimauve ! s'écria Mr. Wonka sans ralentir. Ils feront sensation quand je les aurai mis en vente ! Mais nous n'avons pas le temps d'entrer ! Pas le temps ! »

PAPIER PEINT QUI SE LÈCHE POUR CHAMBRES D'ENFANTS, disait l'écriteau suivant.

« Charmant, ce papier qui se lèche ! cria Mr. Wonka, toujours pressé. Des fruits y sont peints : des bananes, des pommes, des oranges, des raisins, des ananas, des fraises et des flageoises...

— Des flageoises ? demanda Mike Teavee.

— Ne me coupe pas la parole ! dit Mr. Wonka. Tous ces fruits figurent sur le papier, et il suffit de lécher une banane pour avoir un goût de banane. Léchez une fraise, et vous obtenez un goût de fraise. Et si vous léchez une flageoise, ça donnera exactement le goût d'une flageoise...

— Mais ça a quel goût, une flageoise ?

— Tu manges encore tes mots, dit Mr. Wonka. Parle plus fort, la prochaine fois. Allons ! Dépêchons-nous ! »

CRÈMES GLACÉES CHAUDES POUR LES JOURS DE GRAND FROID, disait l'inscription suivante.

« *Extrêmement* utiles en hiver, dit Mr. Wonka en passant. Les glaces chaudes sont étonnamment réchauffantes quand il gèle. Je produis aussi des glaçons chauds pour boissons chaudes. Les glaçons chauds rendent les boissons chaudes encore plus chaudes.

VACHES DONNANT DU LAIT CHOCOLATÉ, lisait-on sur la porte suivante.

« Ah ! Mes jolies petites vaches ! s'écria Mr. Wonka. Comme je les aime, mes vaches !

— Pourquoi ne pouvons-nous pas les voir ! demanda Veruca Salt. Pourquoi faut-il passer si vite devant toutes ces jolies salles ?

— Nous nous arrêterons au bon moment ! s'écria Mr. Wonka. Ne sois pas si impatiente ! »

BOISSONS GAZEUSES AÉRODYNAMIQUES, disait l'écriteau suivant.

« Oh ! celles-là sont fabuleuses ! cria Mr. Wonka. Elles vous remplissent de bulles, de bulles pleines d'un gaz spécial, et ce gaz est si incroyablement léger qu'il vous décolle du sol comme un ballon, et vous vous envolez au plafond — pour y rester.

— Mais qu'est-ce qu'on fait pour redescendre ? demanda le petit Charlie.

— Il faut roter, naturellement, dit Mr. Wonka. Vous rotez de toutes vos forces, et alors, le gaz remonte et vous

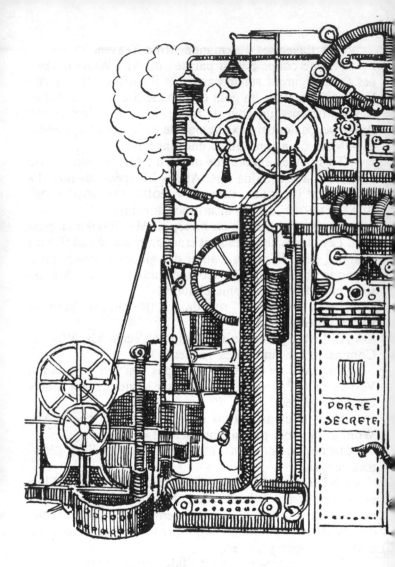

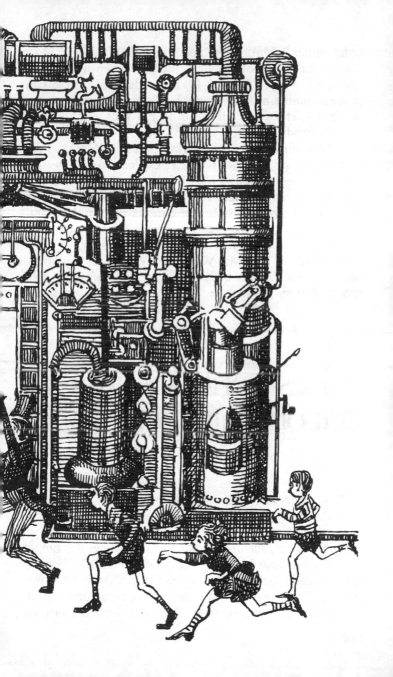

redescendez ! Mais n'en buvez pas en plein air ! On ne sait jamais jusqu'où ça peut monter ! J'en ai fait boire une fois à un vieil Oompa-Loompa, dehors, dans la cour, et il est monté, monté, monté ! A la fin, il a disparu dans le ciel ! C'était très triste. Je ne l'ai plus jamais revu.

— Il aurait dû roter, dit Charlie.

— Bien sûr qu'il aurait dû roter, dit Mr. Wonka. J'étais là, en train de lui crier : "Rote, espèce d'âne, rote, sans cela, tu ne redescendras plus !" Mais il n'a pas roté, il n'a pas pu, ou il n'a pas voulu, je ne sais trop. Il était peut-être trop poli. Il doit être dans la lune maintenant. »

Sur la porte suivante, on pouvait lire : BONBONS CARRÉS QUI ONT L'AIR D'ÊTRE RONDS.

« Attendez ! cria Mr. Wonka en s'arrêtant soudain. Je suis très fier de mes bonbons carrés qui ont l'air d'être ronds. Allons les voir ! »

Les bonbons carrés qui ont l'air d'être ronds

Tout le monde s'arrêta devant la porte dont le haut était de verre. Grand-papa Joe souleva Charlie pour lui permettre de voir l'intérieur de la salle. Charlie y vit une longue table et, sur cette table, des rangées et des rangées de petits bonbons blancs en forme de cubes. Ces bonbons ressemblaient beaucoup à des morceaux de sucre — mais chacun d'eux avait sur l'un de ses six côtés une drôle de petite figure peinte en rose. A l'autre bout de la table, quelques Oompa-Loompas s'appliquaient à peindre d'autres figures sur d'autres bonbons.

« Voilà ! cria Mr. Wonka. Les bonbons carrés à l'aspect rond ! »

— Je ne les vois pas ronds, dit Mike Teavee.

— Ils ont l'air carré, dit Veruca Salt. Complètement carré.

— Mais ils *sont* carrés, dit Mr. Wonka. Je n'ai jamais dit le contraire.

— Vous disiez qu'ils étaient ronds ! dit Veruca Salt.

— Je n'ai jamais dit ça, dit Mr. Wonka. J'ai dit qu'ils *avaient l'air* d'être ronds.

— Mais ils n'ont pas l'air d'être ronds ! dit Veruca Salt. Ils ont l'air carré !

— Ils ont l'air rond, insista Mr. Wonka.

— Ils n'ont pas l'air rond du tout, c'est sûr ! cria Veruca Salt.

— Veruca chérie, dit Mrs. Salt, ne fais pas attention à ce que dit Mr. Wonka ! Il te ment !

— Pauvre vieille toupie, dit Mr. Wonka, tu peux causer !

— Comment osez-vous me parler sur ce ton ! hurla Mrs. Salt.

— Silence ! dit Mr. Wonka. Et regardez bien ! » Il sortit une clef de sa poche et ouvrit la porte. La porte bâilla... et soudain... au son du bâillement de la porte, les innombrables petits bonbons carrés qui s'entassaient sur la table apparurent ronds aux spectateurs. Les petits visages se tournaient littéralement vers la porte, les yeux posés sur Mr. Wonka.

« Et voilà ! cria-t-il triomphalement. Ils ont l'air d'être ronds. C'est indiscutable ! Ce sont des bonbons carrés à l'aspect rond !

— Sapristi ! Il a raison ! dit grand-papa Joe.

— Allez ! En route ! dit Mr. Wonka. En route ! Pas une minute à perdre ! »

WHISKY AU BEURRE ET GIN AU BEURRE, disait l'écriteau de la porte suivante.

« Voilà qui me paraît bien plus intéressant, dit Mr. Salt, le père de Veruca.

— Magnifique ! dit Mr. Wonka. Tous les Oompa-Loompas en raffolent. Ça leur monte à la tête. Écoutez ! Ils font la noce ! »

Des cris joyeux, des rires et des bribes de chansons parvenaient aux visiteurs par la porte close.

« Ils boivent comme des trous, dit Mr. Wonka. Ce qu'ils préfèrent c'est le scotch au beurre et au soda. Mais le gin-tonic au beurre est très populaire aussi. Suivez-moi, s'il vous plaît ! Nous ne devrions pas nous arrêter partout. » Il tourna à gauche. Il tourna à droite. Puis ils arrivèrent devant une grande volée d'escalier. Mr. Wonka descendit sur la rampe. Les trois enfants l'imitèrent. Mrs. Salt et Mrs. Teavee, les seules femmes restées en course, étaient complètement essoufflées. Mrs. Salt était une énorme créature avec de toutes petites jambes. Elle soufflait comme un rhinocéros. « Par ici ! » cria Mr. Wonka arrivé au pied de l'escalier. Il tourna à gauche.

« Courez moins vite ! haleta Mrs. Salt.

— Impossible, dit Mr. Wonka. Nous n'arriverons pas à l'heure si nous allons moins vite !

— Arriver où ? demanda Veruca Salt.

— Ne t'inquiète pas, dit Mr. Wonka. Tu verras bien. »

Veruca
dans la salle aux noix

Mr. Wonka se remit à galoper le long du corridor. LA
SALLE AUX NOIX, disait l'écriteau de la prochaine porte.

« Parfait, dit Mr. Wonka, arrêtez-vous ici quelques
secondes pour souffler, et jetez un coup d'œil par la vitre
de cette porte. Mais surtout, n'entrez pas ! Quoi qu'il
arrive, n'entrez pas dans la salle noix ! Vous risquez
de déranger les écureuils ! »

Ils s'attroupèrent devant la porte.

« Oh ! Regarde, grand-papa, regarde ! » cria Charlie.

« Des écureuils ! » cria Veruca Salt.

« Ça alors ! » dit Mike Teavee.

Le spectacle était fascinant. Une centaine d'écureuils
étaient juchés sur de hauts tabourets autour d'une grande
table. Sur la table, il y avait des tas et des tas de noix, et
les écureuils travaillaient comme des forcenés. Ils décorti-
quaient les noix à une vitesse incroyable.

« Des écureuils ont été entraînés exprès pour décortiquer les noix, expliqua Mr. Wonka.

— Pourquoi des écureuils ? demanda Mike Teavee.
Pourquoi pas des Oompa-Loompas ?

— Parce que, dit Mr. Wonka, les Oompa-Lompas n'arrivent pas à sortir les cerneaux de leurs coquilles sans les
casser. Seuls les écureuils sont capables de les conserver

intacts. C'est extrêmement difficile. Or, dans ma chocola-terie, je tiens beaucoup à n'utiliser que des noix entières. C'est pourquoi j'ai recours à des écureuils. Ils sont magnifiques, n'est-ce pas ? Voyez leurs gestes ! Et voyez comme ils frappent d'abord la coquille du doigt pour s'assurer que la noix n'est pas pourrie ! Les noix pourries sonnent creux, et alors, pas la peine de les ouvrir ! Ils les jettent à la poubelle. Là ! Regardez ! Regardez bien le premier écureuil ! Je pense qu'il est tombé sur une mau-vaise noix ! »

Tous les regards s'étaient posés sur le premier écureuil qui frappait des doigts la coquille. Il pencha la tête d'un côté, écouta attentivement, puis, soudain, il lança la noix par-dessus son épaule, dans un grand trou, par terre.

« Maman ! cria soudain Veruca Salt, je veux un écu-reuil, c'est décidé ! Achète-moi un de ces écureuils !

— Ne dis pas de sottises, ma chérie, dit Mrs. Salt. Ils sont tous à Mr. Wonka.

— Je m'en moque ! hurla Veruca. J'en veux un. Je n'ai à la maison que deux chiens, quatre chats, six petits lapins, deux perruches, trois canaris, un perroquet vert, une tortue, un bocal plein de poissons rouges, une cage pleine de souris blanches et un vieux hamster complète-ment gaga ! Je veux un *écureuil !*

— Très bien, mon chou, lança Mrs. Salt. Maman t'of-frira un écureuil le plus tôt possible.

— Mais je ne veux pas un écureuil quelconque ! hurla Veruca. Je veux un écureuil entraîné ! »

A cet instant, Mr. Salt, le père de Veruca, fit un pas en avant.

« Eh bien, Wonka, dit-il présomptueusement en sortant un portefeuille plein d'argent, combien voulez-vous pour l'une de vos sacrées bestioles ? Quel est votre prix ?

— Mes écureuils ne sont pas à vendre, répondit Mr. Wonka. Elle n'en aura pas.

— Comment, je n'en aurai pas ! hurla Veruca.

Qu'est-ce qui m'enpêche d'aller m'en chercher un, tout de suite ?

— N'y va pas ! » intervint aussitôt Mr. Wonka mais... trop tard ! Déjà la fillette avait ouvert la porte pour se précipiter dans la salle.

A l'instant même, les cent écureuils cessèrent de travailler et tournèrent la tête pour la dévisager de leurs petits yeux de jais.

Veruca s'arrêta à son tour pour les regarder. Puis son choix se fixa sur un joli petit écureuil, non loin d'elle, au bout de la table. L'écureuil tenait une noix entre ses pattes.

« Bien, dit Veruca, je t'aurai ! »

Elle étendit les mains pour attraper l'écureuil... mais aussitôt... en une fraction de seconde, alors qu'elle avançait seulement les mains, il y eut soudain un remue-ménage éclair dans la salle, un remue-ménage tout roux, et tous les écureuils quittèrent d'un bond la table pour atterrir sur le corps de Veruca.

Vingt-cinq écureuils prirent possession de son bras droit et l'attachèrent.

Vingt-cinq autres s'emparèrent de son bras gauche pour l'attacher de même.

Vingt-cinq s'abattirent sur sa jambe gauche et la clouèrent au sol.

Vingt-quatre en firent autant pour sa jambe droite.

Enfin, l'unique écureuil encore inoccupé (le chef, de toute évidence) grimpa sur l'épaule de Veruca et se mit à frapper, toc-toc-toc, la tête de la malheureuse petite fille.

« Sauvez-la ! hurla Mrs. Salt. Veruca ! Reviens ! Qu'est-ce qu'ils lui font ?

— Ils l'examinent pour voir si elle est une noix pourrie, dit Mr. Wonka. Regardez ! »

Veruca se débattait furieusement, mais les écureuils la serraient de trop près, impossible de bouger. Celui qui était juché sur son épaule continuait à taper sur sa tête.

Puis, tout à coup, les écureuils renversèrent Veruca et se mirent à la traîner par terre, tout le long de la salle.

« Bonté divine ! Elle est une noix pourrie, dit Mr. Wonka. Sa tête a dû sonner bien creux. »

Veruca gigota et brailla. Rien à faire. Les petites pattes vigoureuses la serraient très fort. Impossible de fuir.

« Où l'emmènent-ils ? hurla Mrs. Salt.

— Là où vont toutes les noix pourries, dit Mr. Willy Wonka. Au vide-ordures.

— Ça alors ! Ils la jettent dans le trou ! dit Mr. Salt qui observait sa fille à travers la porte vitrée.

— Qu'est-ce que vous attendez pour la sauver ? cria Mrs. Salt.

— Trop tard, dit Mr. Wonka. Elle est partie ! »

Et c'était vrai.

« Mais où est-elle ? hurla Mrs. Salt en gesticulant comme une folle. Que fait-on des mauvaises noix ? Où conduit ce vide-ordures ?

— Le vide-ordures en question, dit Mr. Wonka, aboutit

directement à l'égout qui charrie tous les détritus de tous les coins de mon usine — toute la poussière, toutes les épluchures de pommes de terre, les feuilles de choux pourries, les têtes de poissons et j'en passe.

— Qui est-ce qui mange du poisson, des choux et des patates dans cette chocolaterie, je voudrais bien le savoir ? dit Mike Teavee.

— Moi, naturellement, répondit Mr. Wonka. Ou crois-tu que je me nourris de grains de cacao ?

— Mais... mais... mais... cria Mrs. Salt, où finit cet égout ?

— A la fournaise, voyons, dit calmement Mr. Wonka. A l'incinérateur ! » Mrs. Salt ouvrit sa grande bouche rouge et poussa un cri perçant.

« Ne vous tourmentez pas, dit Mr. Wonka, il y a de fortes chances qu'elle ne soit pas allumée aujourd'hui.

— Des *chances* ! hurla Mrs. Salt. Ma pauvre petite Veruca ! Elle... elle... elle sera grillée comme une saucisse !

— Très juste, ma chère, dit Mr. Salt. Maintenant, écoutez-moi, Wonka, ajouta-t-il, je pense que vous allez un tout petit peu trop loin, vraiment. Que ma fille soit une vraie petite peste, je veux bien l'admettre. Mais ce n'est pas une raison pour la faire rôtir au four. Je suis extrêmement indigné et fâché.

— Oh ! ne vous fâchez pas, cher monsieur ! dit Mr. Wonka. Je suppose qu'elle remontera tôt ou tard. Peut-être n'est-elle pas descendue du tout. Elle a pu rester coincée dans la glissière, juste au-dessus du trou, et, dans ce cas, il vous suffirait d'y entrer pour la tirer de là. »

A ces mots, Mr. et Mrs. Salt se précipitèrent tous deux dans la salle aux noix. Ils coururent vers le trou et se penchèrent dessus.

« Veruca ! cria Mrs. Salt. Es-tu là ? »

Pas de réponse.

Afin de mieux voir, Mrs. Salt se pencha plus avant.

Maintenant, elle était agenouillée à même le rebord du trou, la tête baissée, son énorme derrière en l'air comme un champignon géant. Position plutôt dangereuse. Il suffisait de la pousser un peu... de lui donner une toute petite tape au bon endroit... et c'est exactement ce que firent les écureuils !

Elle tomba, la tête la première, en poussant des cris de perroquet.

« Bonté divine ! dit Mr. Salt en voyant dégringoler sa volumineuse épouse, ce qu'il y aura comme déchets ce soir ! » Et elle disparut dans le trou sombre. « Tu te plais là-bas, Angine ? » s'exclama-t-il, tout en se penchant un peu plus avant.

Les écureuils surgirent derrière son dos...

« Au secours ! » hurla Mr. Salt.

Mais déjà il tombait, la tête la première, pour disparaître dans la glissière, succédant à sa femme... et à sa fille.

« Oh ! Mon Dieu ! cria Charlie qui assistait avec les autres à la scène, derrière la vitre, que vont-ils devenir maintenant ?

— Je pense que quelqu'un les attrapera au pied de la glissière, dit Mr. Wonka.

— Et le grand incinérateur ? demanda Charlie.

— Ils n'allument qu'un jour sur deux, dit Mr. Wonka. C'est peut-être jour sans. On ne sait jamais... Ils peuvent avoir de la chance...

— Chut ! dit grand-papa Joe. Écoutez-les ! Ils chantent encore ! »

Au loin, à l'autre bout du corridor, les battements de tambours se firent entendre. Puis vint la chanson.

Veruca Salt ! chantèrent les Oompa-Loompas,
Veruca Salt, l'horrible enfant,
V'là qu'elle descend le toboggan.
(Aussi avons-nous cru bien faire,

Afin de régler cette affaire
Qui nous causait tant de tourments,
D'expédier aussi ses parents.)
Veruca se volatilise
Et il faut bien qu'on vous le dise :
Il se peut bien qu'elle connaisse
Des amis d'une tout autre espèce
Des amis bien moins raffinés
Que ceux qu'elle vient de quitter.
Voyez la tête de morue
Qui au passage la salue.
En descendant ce tuyau sombre
Elle fera bien d'autres rencontres,
Des os rognés, du lard moisi,
De vieux croûtons de pain rassis,
Un steak dont on n'a pas voulu,
Un camembert tout vermoulu,
Une coquille d'huître triste à voir,
Un bout de saucisson tout noir,
Des noix pourries à chaque pas,
De la sciure au pipi de chat,
Tout ça galope et s'enchevêtre,
Empestant à trois kilomètres.
Tels sont les amis délicats
Qu'aura rencontrés Veruca,
En descendant, à son passage !
Vrai, pour une enfant de son âge,
Direz-vous, c'est un bien triste sort.
C'est juste, vous n'avez pas tort.
Car, bien qu'elle soit insupportable,
Elle n'est qu'à moitié coupable.
Et c'est pourquoi, à voix haute,
On vous demande : A qui la faute ?
Car — et c'est loin d'être un problème,
On ne se gâte pas soi-même.
Qui donc a fait de Veruca

Le petit monstre que voilà ?
Hélas, hélas ! Ne cherchez pas !
Ils sont tout près, les scélérats !
Ah ! C'est bien triste à dire, vraiment :
Ils ont nom PAPA *et* MAMAN.
Les v'là en route pour la fournaise,
La solution n'est pas mauvaise !

Le grand ascenseur de verre

« Je n'ai jamais vu une chose pareille ! cria Mr. Wonka. Des enfants qui disparaissent comme des lapins ! Mais il ne faut pas vous tourmenter ! Ils s'en tireront *tous !* »

Mr. Wonka passa en revue le petit groupe. Plus que deux enfants — Mike Teavee et Charlie Bucket. Et trois adultes, Mr. et Mrs Teavee et grand-papa Joe. « Alors, on continue ? demanda Mr. Wonka.

— Oh ! Oui ! crièrent Charlie et grand-papa Joe en même temps.

— Je commence à avoir mal aux pieds, dit Mike Teavee. J'ai envie de regarder la télévision.

— Si tu es fatigué, il vaudra mieux prendre l'ascenseur, dit Mr. Wonka. C'est par là. Venez ! Et nous y voilà ! » Il traversa à grands pas le couloir pour s'arrêter devant une porte à deux battants. Les battants s'ouvrirent pour laisser entrer les deux enfants et les adultes.

« Et maintenant, s'écria Mr. Wonka, sur quel bouton allons-nous appuyer d'abord ? Faites votre choix ! »

Charlie Bucket regarda autour de lui, tout étonné. Il n'avait jamais vu d'ascenseur aussi excentrique. Des boutons partout ! Les murs, et même le plafond, étaient couverts d'innombrables rangées de petits boutons noirs ! Il y en avait bien mille à chaque paroi, sans parler du plafond ! Et soudain, Charlie s'aperçut que chacun de ces boutons était flanqué d'une minuscule étiquette, indiquant la destination.

« Ce n'est pas un ascenseur ordinaire qui monte et qui descend ! annonça fièrement Mr. Wonka. Cet ascenseur se déplace aussi bien de guingois, en avant et en arrière, dans tous les sens, en somme ! Il dessert toutes les pièces de ma chocolaterie, sans exception ! Vous n'avez qu'à appuyer sur le bouton... et zing !... vous partez !

— *Fantastique !* » murmura grand-papa Joe. Devant les innombrables rangées de boutons, ses yeux brillaient d'enthousiasme.

« L'ascenseur est tout entier de verre blanc très épais ! déclara Mr. Wonka. Les parois, les portes, le sol, le plafond, tout est transparent, tout est panoramique, vous pouvez tout voir, dans tous les sens !

— Mais il n'y a rien à voir, dit Mike Teavee.

— Choisis un bouton ! dit Mr. Wonka. Chaque enfant a droit à un bouton. Faites votre choix ! Vite ! Dans chaque salle vous attend quelque chose de merveilleux, de délicieux ! »

Charlie se mit vite à lire les inscriptions qui accompagnaient les boutons.

MINE DE ROCHERS DE CHOCOLAT — PROFONDEUR 3 000 MÈTRES, disait l'une d'elles.

Puis... PISTOLETS A JUS DE FRAISE.

CARAMÉLIERS A PLANTER DANS VOTRE JARDIN — TOUTES LES TAILLES.

BONBONS EXPLOSIFS POUR VOS ENNEMIS.

SUCETTES LUMINEUSES, A MANGER AU LIT, LA NUIT.

JUJUBES A LA MENTHE COLORANT LES DENTS EN VERT POUR UN MOIS.

CARAMELS CREUX – PLUS BESOIN DE DENTISTE !

BONBONS COLLANTS POUR PARENTS BAVARDS.

BONBONS MOBILES QUI SE TORTILLENT DÉLICIEUSE-MENT DANS VOTRE ESTOMAC APRÈS AVOIR ÉTÉ AVA-LÉS.

BATONS DE CHOCOLAT INVISIBLES A MANGER EN CLASSE.

CRAYONS ENROBÉS DE CHOCOLAT AGRÉABLES A SUCER.

PISCINES A LIMONADE GAZEUSE.

NOUGATINE MAGIQUE – IL SUFFIT DE L'AVOIR DANS LA MAIN POUR EN SENTIR LE GOÛT.

DRAGÉES ARC-EN-CIEL – SUCEZ-LES ET VOUS CRA-CHEREZ DE TOUTES LES COULEURS.

« Allons, pressons ! cria Mr. Wonka. Nous ne pouvons pas nous éterniser ici !

— N'y a-t-il pas une salle de télévision dans tout ce fatras ? demanda Mike Teavee.

— Mais certainement, dit Mr. Wonka. C'est ce bou-ton-là. » Il le désigna du doigt. Tous les regards se posèrent sur la minuscule étiquette qui accompagnait le bouton et qui disait : CHOCOLAT TÉLÉVISÉ.

« Youpiiii ! hurla Mike Teavee. C'est exactement ce qu'il me faut ! » Il étendit le pouce et appuya sur le bou-ton. Aussitôt, on entendit un formidable sifflement. Les portes claquèrent et l'ascenseur sursauta comme piqué par une guêpe. Mais il s'ébranla *latéralement !* Et tous les passagers (sauf Mr. Wonka qui avait empoigné une cour-roie fixée au plafond) furent jetés à terre.

« Debout ! Debout ! » cria Mr. Wonka en s'esclaffant. Mais à peine s'étaient-ils relevés que l'ascenseur changea de direction pour prendre un virage avec violence. Et tout le monde se retrouva par terre.

« Au secours ! » cria Mrs. Teavee.

— Prenez mon bras, madame, dit galamment Mr. Wonka. Voilà ! Et maintenant, agrippez-vous à cette courroie ! Que tout le monde en attrape une ! Le voyage n'est pas encore fini ! »

Le vieux grand-papa Joe se releva et se saisit d'une courroie. Trop petit pour atteindre le plafond, Charlie mit ses bras autour des jambes de son grand-père et s'y cramponna de toutes ses forces.

L'ascenseur avait la rapidité d'une fusée. A présent, il grimpait. Il grimpait, il grimpait, comme s'il escaladait une pente très abrupte. Puis, soudain, comme s'il avait atteint le sommet de la colline et survolé un précipice, il tomba comme une pierre, et Charlie sentit son estomac faire un bond jusque dans sa gorge, et grand-papa Joe hurla : « Youpiii ! Nous voilà ! » et Mrs. Teavee s'écria : « La corde est cassée ! Nous allons nous écraser ! — Calmez-vous, chère Madame », dit Mr. Wonka en lui tapotant le bras pour la réconforter. Grand-papa Joe baissa les yeux sur Charlie qui s'accrochait toujours à ses jambes : « Ça va, Charlie ? — Ça va très bien ! répondit Charlie ! On dirait un bateau qui roule ! » Et, à travers les parois de verre, ils entrevoyaient, en passant devant de nouvelles salles, d'étranges, de merveilleuses images :

Une énorme gargouille crachant une sauce brune et onctueuse...

Une haute montagne rocailleuse toute en nougat que des Oompa-Loompas (en cordée pour plus de sécurité) découpaient à la pioche...

Une sorte de bombe qui vaporisait de la poudre blanche, on eût dit une tempête de neige...

Un lac de crème chaude au caramel qui fumait...

Un village d'Oompa-Loompas, avec de minuscules maisons, et des rues où jouaient des centaines de tout petits Oompa-Loompas qui ne mesuraient pas plus de vingt centimètres...

Puis l'ascenseur se redressa. On eût dit qu'il volait plus vite que jamais. A mesure qu'ils avançaient, Charlie pouvait entendre hurler le vent. L'ascenseur fonçait en se tortillant... et il tourna... et il monta... et il descendit... et...

« Je vais me trouver mal ! hurla Mrs. Teavee qui était devenue toute verte.

— Ne vous trouvez pas mal, s'il vous plaît ! dit Mr. Wonka.

— Rien à faire ! dit Mrs. Teavee.

— Alors, prenez ceci », dit Mr. Wonka. Il ôta son magnifique chapeau haut de forme noir et le mit sens dessus dessous devant la bouche de Mrs. Teavee.

« Arrêtez cet effroyable engin ! ordonna Mr. Teavee.

— Impossible, dit Mr. Wonka. Il ne s'arrêtera pas avant d'être arrivé. Pourvu que personne ne se serve en ce moment de l'*autre* ascenseur.

— Quel autre ascenseur ? hurla Mrs. Teavee.

— Celui qui va dans le sens inverse, sur la même voie, dit Mr. Wonka.

— Ciel ! cria Mr. Teavee. Vous voulez dire qu'il peut y avoir une collision ?

— Jusqu'à présent, j'ai toujours eu de la chance, dit Mr. Wonka.

— Cette fois-ci, je vais vraiment me trouver mal ! hurla Mrs. Teavee.

— Non, non ! dit Mr. Wonka. Pas maintenant ! Nous arrivons ! N'abîmez pas mon chapeau ! »

Au bout d'un instant, on entendit craquer les freins et l'ascenseur ralentit. Puis il s'arrêta complètement.

« Vous parlez d'une balade ! » dit Mr. Teavee. Il sortit son mouchoir pour s'éponger la figure.

« Plus jamais ! » suffoqua Mrs. Teavee. Puis les portes de l'ascenseur s'ouvrirent et Mr. Wonka dit : « Une minute ! Écoutez-moi bien ! Puis-je vous demander d'être tous très prudents dans cette salle ? Elle est pleine de matières dangereuses. Ne touchez à rien ! »

La salle
au chocolat télévisé

La famille Teavee, suivie de Charlie et de grand-papa Joe, quitta l'ascenseur pour une salle si éblouissante de clarté qu'ils durent tous s'arrêter en fermant les yeux. Mr. Wonka remit à chacun d'eux une paire de lunettes noires et dit : « Mettez-les vite ! Et tant que vous êtes dans cette salle, ne les enlevez pas, quoi qu'il arrive ! Cette lumière peut vous aveugler ! »

Dès qu'il eut chaussé ses lunettes noires, Charlie put regarder tranquillement autour de lui. La pièce était entièrement peinte en blanc. Même le sol était blanc, on n'y voyait pas un grain de poussière. Le plafond était hérissé de grosses lampes qui inondaient la salle d'une éclatante lumière, d'un blanc bleuté. Seules ses deux extrémités étaient meublées. A l'une d'elles se dressait une énorme caméra montée sur roues, et toute une armée d'Oompa-Loompas tournaient autour, en train de grais-ser les jointures, de tourner les boutons de réglage, de faire briller les objectifs. Ces Oompa-Loompas étaient vêtus de façon vraiment extraordinaire. Il portaient des scaphandres de cosmonautes rouge vif avec des casques et des lunettes protectrices — du moins, cela ressemblait à des scaphandres de cosmonautes — et ils travaillaient dans un silence complet. En les voyant faire, Charlie fut pris d'un étrange sentiment d'insécurité. Toute cette affaire sentait le danger et les Oompa-Loompas le savaient. Finis les bavardages, finies les chansons. Dans leurs scaphandres écarlates, ils maniaient l'énorme caméra avec lenteur et précaution.

A l'autre bout de la pièce, à cinquante pas environ de la caméra, un seul Oompa-Loompa (habillé également en cosmonaute) était assis à une table noire, les yeux fixés sur l'écran d'un très grand poste de télévision.

« Et voilà ! cria Mr. Wonka, tout sautillant et tout excité, dans cette salle va naître la dernière, la plus importante de mes inventions : le chocolat télévisé !

— Mais qu'est-ce que c'est que ce chocolat télévisé ? demanda Mike Teavee.

— Bonté divine, ne me coupe pas tout le temps la parole, mon garçon ! dit Mr. Wonka. Il agit par la télévision. En ce qui me concerne, je n'aime pas beaucoup la télévision. A petites doses, passe encore, mais il faut croire que les enfants sont incapables de s'en tenir là. Ils ne s'en lassent jamais, ils restent collés à l'écran à longueur de journée...

— Comme moi ! dit Mike Teavee.

— La ferme ! dit Mr. Teavee.

— Merci, dit Mr. Wonka. Et maintenant je vais vous dire comment fonctionne ce fascinant poste de télévision que voici. Mais, au fait, savez-vous comment fonctionne la télévision ordinaire ? C'est très simple. D'un côté, là où l'image est prise, vous avez une grande caméra et vous commencez par prendre des photos. Ensuite, ces photos sont divisées en des millions de petites particules, si petites qu'il est impossible de les voir, et ces petites particules sont projetées dans le ciel par l'électricité. Là, dans le ciel, elles tournent en rond en sifflant, jusqu'à ce qu'elles se heurtent à une antenne, sur le toit d'une maison. Alors elles descendent en une fraction de seconde par le fil qui les conduit tout droit dans le dos du poste de télévision, et, une fois sur place, elles sont secouées et remuées jusqu'au moment où, enfin, chacune de ces minuscules pièces retrouve sa place (exactement comme dans un puzzle), et hop ! l'image apparaît sur l'écran... ».

— Ce n'est pas exactement comme ça que ça fonctionne, dit Mike Teavee.

— Je suis un peu sourd de l'oreille gauche, dit Mr. Wonka. Excuse-moi si je n'entends pas tout ce que tu dis.

— Je dis que ça ne marche pas exactement comme vous dites ! hurla Mike Teavee.

— Tu es un gentil garçon, dit Mr. Wonka, mais tu parles trop. Allons ! Quand j'ai vu fonctionner une télévision ordinaire pour la première fois, il m'est venu une idée extraordinaire. J'ai crié : "Regardez ! Si ces gens peuvent découper une *photo* en des millions de morceaux, et envoyer ces morceaux en l'air pour les recoller ensuite, pourquoi ne tenterais-je pas la même chose avec un bâton de chocolat ? Qu'est-ce qui m'empêche de catapulter un vrai bâton de chocolat divisé en tout petits morceaux, et de le recoller ensuite ?"

— Impossible ! dit Mike Teavee.

— Tu crois ? cria Mr. Wonka. Eh bien, regarde ! Je vais expédier maintenant une tablette de mon meilleur chocolat à l'autre bout de cette salle — par la télévision ! Hé ! Là-bas ! Apportez le chocolat ! »

Six Oompa-Loompas apparurent aussitôt, portant sur les épaules une gigantesque tablette de chocolat comme Charlie n'en avait jamais vu. Elle était à peu près de la taille du matelas où Charlie dormait à la maison.

« Il faut qu'elle soit grande, expliqua Mr. Wonka, car tout est toujours beaucoup plus petit qu'avant, au moment de la projection. Même à la télévision ordinaire, vous avez beau prendre un grand et gros bonhomme, sur l'écran, il ne sera jamais plus grand qu'un crayon, pas vrai ? Donc, allez-y ! Partez ! *Non ! Non ! Arrêtez ! Arrêtez tout !* Toi, là-bas ! Mike Teavee ! Recule ! Tu es

trop près de la caméra ! Elle émet des rayons dangereux ! Ils peuvent te réduire en un million de petits morceaux, en une seconde ! C'est pour cela même que les Oompa-Loompas portent des scaphandres ! Ça les protège ! Bien ! Ça va ! Allez-y ! *Allumez !* »

L'un des Oompa-Loompas mania un énorme commutateur.

Il y eut un éclair aveuglant.

« Le chocolat est parti ! » s'écria grand-papa Joe en agitant les bras.

Il disait vrai ! L'énorme tablette de chocolat avait complètement disparu !

« Il est en route ! cria Mr. Wonka. Il s'envole dans l'air, au-dessus de nos têtes, désintégré en un million de petits morceaux. Vite ! Venez par là ! » Il se précipita vers l'autre bout de la salle, là où se dressait l'énorme poste de télévision. Les autres le suivirent. « Regardez bien l'écran ! cria-t-il. Ça vient ! Regardez ! »

L'écran se mit à clignoter, puis il s'alluma. Et soudain, une petite tablette de chocolat apparut au milieu du rectangle.

« Attrapez-la ! cria Mr. Wonka, de plus en plus excité.

— L'attraper ? demanda en riant Mike Teavee. Mais ce n'est qu'une image sur un écran de télévision.

— Charlie Bucket ! cria Mr. Wonka. Attrape-la ! Étends la main et attrape-la ! »

Charlie étendit la main et toucha l'écran. Et soudain, comme par miracle, la tablette de chocolat se détacha et il la sentit entre ses doigts. Son étonnement fut tel qu'il faillit la laisser tomber.

« Mange-la ! cria Mr. Wonka. Vas-y, mange-la ! Elle sera délicieuse ! C'est la même tablette ! Elle a rétréci en chemin, voilà tout !

— C'est absolument fantastique ! suffoqua grand-papa Joe. C'est... c'est... c'est un miracle !

— Pensez, cria Mr. Wonka, imaginez ce que ce sera

quand je le diffuserai dans tout le pays... vous serez tranquillement chez vous à regarder la télévision, et soudain, il y aura une annonce publicitaire sur votre écran, et une voix dira : "MANGEZ LES CHOCOLATS WONKA ! LES MEILLEURS DU MONDE ! VOUS NE NOUS CROYEZ PAS ? EH BIEN, GOÛTEZ-LES !" Et vous n'aurez qu'à étendre la main pour cueillir la tablette ! Eh bien, qu'en pensez-vous ?

— Magnifique ! cria grand-papa Joe. Ça va changer la face du monde ! »

Mike Teavee
se fait téléviser

A la vue de ce chocolat télévisé, Mike Teavee s'excita encore plus que grand-papa Joe. « Mais, Mr. Wonka, cria-t-il, pouvez-vous téléviser autre chose, de la même façon ? Un petit déjeuner de céréales, par exemple ?

— Quelle horreur ! s'écria Mr. Wonka. Ne me parle pas de ce produit dégoûtant ! Sais-tu ce que c'est, le petit déjeuner de céréales ? C'est fait de ces petits copeaux de bois frisottés qu'on trouve dans les taille-crayon !

— Mais si vous le vouliez, pourriez-vous le téléviser comme du chocolat ? demanda Mike Teavee.

— Naturellement ?

— Et les gens ? demanda Mike Teavee. Pourriez-vous projeter de la même façon un véritable être vivant ?

— *Un être vivant ?* cria Mr. Wonka. Serais-tu un peu fou ?

— Mais est-ce que cela se peut ?

— Ça, mon garçon, je ne le sais vraiment pas... c'est bien possible après tout... oui, j'en suis à peu près sûr... c'est tout à fait possible... mais je n'aimerais pas courir ce risque... j'ai bien trop peur du résultat... »

Mais déjà, Mike Teavee s'était détaché du groupe. En entendant dire Mr. Wonka « j'en suis à peu près sûr... c'est tout à fait possible », il s'était mis à courir comme un fou vers l'autre bout de la salle où s'élevait la grande caméra. « Regardez-moi bien ! cria-t-il, tout en courant. Je serai la première personne du monde à être télévisée comme du chocolat !

— Non, non, non, non ! cria Mr. Wonka.

— Mike ! hurla Mrs. Teavee. Arrête ! Reviens ! Tu seras désintégré en un million de petits morceaux ! »

Or, rien à faire pour arrêter Mike Teavee. Il fonçait comme enragé sur l'immense caméra et s'empara du commutateur en éparpillant les Oompa-Loompas sur son passage.

« A nous deux, mon vieux ! » hurla-t-il en allumant les puissants objectifs. Et il s'exposa à leur lumière.

Il y eut un éclair aveuglant.

Puis ce fut le silence.

Et puis Mrs. Teavee se mit à courir... mais elle s'arrêta à mi-chemin... pour rester là... à regarder fixement l'endroit où elle avait vu son fils... sa bouche rouge grande ouverte, elle hurla : « Il est parti ! Il est parti !

— Ciel ! C'est vrai, il est parti ! », hurla Mr. Teavee.

Mr. Wonka accourut et posa doucement une main sur l'épaule de Mrs. Teavee. « Ne nous affolons pas, dit-il. Il faut prier pour que votre petit sorte indemne par l'autre bout.

— Mike ! hurla Mrs. Teavee en se tordant les mains. Où es-tu ?

— Je peux te dire où il est, dit Mr. Teavee, il tourne en

rond au-dessus de nos têtes, désintégré en un million de petits morceaux !

— Tais-toi ! gémit Mrs. Teavee.

— Nous devons regarder le poste de télévision, dit Mr. Wonka. Il peut passer à n'importe quel moment. »

Mr. et Mrs Teavee, grand-papa Joe et le petit Charlie firent demi-cercle autour du poste, les yeux fixés sur l'écran. L'écran était vide.

« Il met du temps à revenir, dit Mr. Teavee en s'épongeant le front.

— Oh, mon Dieu, mon Dieu, dit Mr. Wonka, j'espère qu'il n'y laissera aucune partie de sa personne.

— Que voulez-vous dire par là ? demanda vivement Mr. Teavee.

— Loin de moi de vouloir vous effrayer, dit Mr. Wonka, mais il arrive quelquefois que les petites particules s'égarent et que la moitié seulement retrouvent le chemin du poste. C'est ce qui est arrivé la semaine dernière. Je ne sais trop pourquoi, mais il n'y a eu qu'une demi-tablette de chocolat sur l'écran. »

Mrs. Teavee poussa un cri de terreur. « Vous voulez dire qu'une moitié seulement de Mike nous reviendra ? cria-t-elle.

— Espérons que ce sera celle du haut, dit Mr. Teavee.

Attention ! dit Mr. Wonka. Regardez l'écran ! Il y a du nouveau ! »

L'écran s'était mis à clignoter.

Puis on vit apparaître quelques lignes ondulées.

Mr. Wonka tourna l'un des boutons et les lignes ondulées disparurent.

Et puis, tout doucement, l'écran devenait plus clair.

« Le voici ! hurla Mr. Wonka. Oui, c'est bien lui !

— Est-il tout d'une pièce ? cria Mrs. Teavee.

— Je n'en suis pas sûr, dit Mr. Wonka. Il est encore trop tôt pour le dire. »

Floue d'abord, mais devenant de plus en plus nette de

seconde en seconde, l'image de Mike Teavee se découpa sur l'écran. Il était debout, saluant de la main les spectateurs, le visage fendu par un large sourire.

« Mais c'est un nain ! hurla Mr. Teavee.

— Mike ! cria Mrs. Teavee, comment te sens-tu ? Ne te manque-t-il rien ?

— Ne grandira-t-il plus ? hurla Mr. Teavee.

— Parle-moi, Mike ! cria Mrs. Teavee. Dis quelque chose ! Dis-moi que tu vas bien ! »

Une toute petite voix, pas plus grosse que le couic d'une souris, sortit du poste de télévision. « Bonjour, maman ! dit la voix. Bonjour, papa ! Regardez-moi ! Je suis la première personne télévisée du monde !

— Attrapez-le ! ordonna Mr. Wonka. Vite ! »

Mrs. Teavee avança la main et cueillit le minuscule personnage qu'était devenu Mike Teavee.

« Hourra ! cria Mr. Wonka. Il est tout d'une pièce ! Il ne lui manque rien ! Il est indemne !

— Vous appelez ça indemne ! » siffla Mrs. Teavee en examinant le petit bout de garçon qui se promenait de long en large dans le creux de sa main en brandissant ses pistolets.

Il ne mesurait certainement pas plus d'un pouce.

« Il a rétréci ! dit Mr. Teavee.

— Bien sûr qu'il a rétréci, dit Mr. Wonka. Qu'attendiez-vous d'autre ?

— C'est terrible ! gémit Mrs. Teavee. Qu'allons-nous faire ? »

Et Mr. Teavee dit : « Nous ne pourrons pas l'envoyer à l'école dans cet état ! Il se ferait piétiner ! Il se ferait écraser !

— Il ne pourra plus rien faire du tout ! se lamenta Mrs. Teavee.

— Mais si, mais si ! fit la petite voix de Mike Teavee. Je pourrai toujours regarder la télé !

— *Plus jamais !* hurla Mr. Teavee. Dès que nous serons

rentrés à la maison, je jetterai le poste par la fenêtre. J'en ai assez de la télévision ! »

En entendant ces mots, Mike Teavee piqua une colère terrible. Il se mit à sauter comme un fou dans le creux de la main maternelle, en poussant des cris perçants et en tentant de lui mordre les doigts. « Je veux regarder la télé ! glapit-il. Je veux regarder la télé ! Je veux regarder la télé ! Je veux regarder la télé !

— Donne ! Passe-le-moi ! » dit Mr. Teavee. Il prit le minuscule garçon, le glissa dans la poche de son veston et mit son mouchoir par-dessus. On entendit encore des couics et des cris venant de la poche où se débattait furieusement le petit prisonnier.

« Oh ! Mr. Wonka, se lamenta Mrs. Teavee, que faut-il faire pour qu'il grandisse ?

— Eh bien, dit Mr. Wonka en se caressant la barbe, les yeux levés au plafond, de manière pensive, ça va être un peu compliqué, disons-le tout de suite. Il est vrai que les garçons de petite taille sont extrêmement souples et agiles. Extensibles comme tout. Donc, nous n'avons qu'à le mettre dans un appareil spécial dont je me sers pour éprouver l'élasticité du chewing-gum ! Ça l'aidera peut-être à redevenir comme avant.

— Oh ! merci ! dit Mrs. Teavee.

— Il n'y a pas de quoi, chère madame.

— Jusqu'où pensez-vous pouvoir l'étirer ? demanda Mr. Teavee.

— Peut-être à des kilomètres, dit Mr. Wonka. Qui sait ? Mais je vous préviens qu'il sera terriblement mince. Tout ce qu'on étire s'amincit.

— Vous voulez dire comme du chewing-gum ? demanda Mr. Teavee.

— Exactement.

— Mince comment ? demanda anxieusement Mrs. Teavee.

— Aucune idée, dit Mr. Wonka. Et, de toute manière, ça n'a pas beaucoup d'importance puisque nous allons bientôt le faire engraisser. Il suffira de lui administrer une triple surdose de mon merveilleux chocolat super-vitaminé. Le chocolat supervitaminé contient des quantités considérables de vitamine A et de vitamine B. Il contient aussi de la vitamine C, de la vitamine D, de la vitamine E, de la vitamine F, de la vitamine G, de la vitamine H, de la vitamine I, de la vitamine J, de la vitamine K, de la vitamine L, de la vitamine N, de la vitamine O, de la vitamine P, de la vitamine R, de la vitamine S, de la vitamine T, de la vitamine U, de la vitamine V, de la vitamine W, de la vitamine X, de la vitamine Y, et, aussi étonnant que cela puisse vous paraître, de la vitamine Z. Les seules vitamines qu'il ne contient pas sont la vitamine M, qui vous rend malade, et la vitamine Q, parce qu'elle vous fait pousser une queue, une vraie queue de bœuf. En revanche, il contient une toute petite dose de la vitamine la plus rare, la plus recherchée, la plus magique de toutes : la vitamine Wonka.

— Et qu'est-ce que cela donnera ? demanda anxieusement Mr. Teavee.

— Elle lui fera pousser les doigts de pieds. Ils seront aussi longs que les doigts de sa main...

— Oh ! non ! cria Mrs. Teavee.

— Ne soyez pas sotte, voyons, dit Mr. Wonka. C'est très utile. Il pourra jouer du piano avec les pieds.

— Mais, Mr. Wonka...

— Ne discutons pas, *s'il vous plaît !* » dit Mr. Wonka. Il tourna la tête et claqua trois fois des doigts. Un Oompa-Loompa surgit aussitôt à ses côtés. « Suivez mes ordres, dit Mr. Wonka en remettant à l'Oompa-Loompa un bout de papier où il avait écrit des tas d'instructions. Quant au gosse, vous le trouverez dans la poche de son père. Allez ! Allez ! Au revoir, Mr. Teavee. Au revoir, Mrs. Teavee ! Et ne prenez pas cet air si navré ! Ils s'en tirent toujours, vous le savez bien ! tout s'arrange... »

Et déjà, à l'autre bout de la salle, les Oompa-Loompas rassemblés autour de la caméra battaient le tambour et se trémoussaient en cadence.

« Ça y est, ils recommencent ! dit Mr. Wonka. Vous ne les empêcherez pas de chanter, je le crains bien. »

Le petit Charlie prit la main de grand-papa Joe, et tous deux restèrent debout auprès de Mr. Wonka, au milieu de la longue salle blanche, en écoutant chanter les Oompa-Loompas. Et voici leur chanson :

> *Le premier des commandements,*
> *En ce qui concerne les enfants,*
> *Est celui-ci : éloignez-les*

De votre poste de télé.
Ou mieux — n'installez pas du tout
Ce machin idiot chez vous.
Dans presque toutes les maisons
On les a vus, en pâmoison,
Vautrés devant leur appareil,
On n'a jamais rien vu de pareil.
Les yeux leur sortaient de la tête
(Y en avait plein sur la carpette)
Transis, absents, les yeux en boules,
Devant ce poste qui les saoule,
Les bourre à longueur de journée
De nourritures insensées.
Vrai, ils se tiennent bien tranquilles,
Ils ne font pas les imbéciles,
Ne touchant rien, ne cassant rien,
Ne poussant pas de cris d'Indiens,
En un mot, ils vous fichent la paix,
Étant bien sages, cela est vrai.
Mais savez-vous, mes chers adultes
Ce qu'il a de ravageant, ce culte ?
UTILE ? LOUABLE ? PAS QUESTION !
ÇA VOUS TUE L'IMAGINATION !
ÇA VOUS COLMATE LES MÉNINGES
ÇA VOUS TRANSFORME EN PETITS SINGES,
EN PANTINS ET EN ABRUTIS
SANS FANTAISIE ET SANS ESPRIT,
EN RAMOLLIS, EN AUTOMATES
AVEC DES TÊTES COMME DES PATATES !
« D'accord ! nous direz-vous, d'accord,
Mais quel sera alors le sort
De nos petits ainsi frustrés ?
Que trouver pour les amuser ? »
Justement, là est la question.
Le monstre appelé télévision,
Si on a bonne mémoire

N'a pas toujours été notoire !
Que faisiez-vous, étant petits
Pour vous vitaminer l'esprit ?
C'est oublié ? Faut-il le dire
Tout haut ? LES... ENFANTS... SAVAIENT... LIRE !
Oui, ils lisaient, ces chers enfants,
Des contes, des vers et des romans,
Oui, ils dévoraient par milliers
Les gros volumes familiers !
Des fées, des rois et des reines
Faisant la chasse à la baleine
Des sorcières et des dragons,
Des vaisseaux explorant les fonds
Des mers du Sud. Pirates, sauvages
Défilaient sur les rayonnages,
Des cannibales en délire
Dansant autour d'une poêle à frire...
Oh ! Dieu ! Qu'il était beau le temps,
Le temps des livres passionnants !
Et c'est pourquoi nous vous prions
D'extirper vos télévisions
Pour les remplacer par des livres
Pleins de merveilles, de joie de vivre !
Ils oublieront, en s'y plongeant
Les insanités de l'écran !
Pour revenir à Mike Teavee,
Nous ferons tout pour le sauver,
Mais si, des fois, nous le manquons,
Que ça lui serve de leçon ! »

Seul Charlie reste...

« Quelle sera la prochaine salle ? dit Mr. Wonka après avoir regagné l'ascenseur en courant. Allez ! En route ! Partons ! Ça nous fait combien d'enfants, maintenant ? »

Le petit Charlie regarda grand-papa Joe, et grand-papa Joe regarda le petit Charlie.

« Mais, Mr. Wonka, lui cria grand-papa Joe, il n'y a... il n'y a plus que Charlie. »

Mr. Wonka se retourna et regarda Charlie d'un air hébété.

Il y eut un silence. Charlie resta immobile en serrant fort la main de grand-papa Joe.

« Tu veux dire qu'il n'y a plus que toi ? dit Mr. Wonka en feignant la surprise.

— Eh bien... oui », dit tout bas Charlie.

Alors, soudain, Mr. Wonka explosa. « Mais... mon petit, s'exclama-t-il, cela signifie que tu as gagné ! » Et d'un bond, il quitta l'ascenseur et serra la main de Charlie si fort qu'il faillit lui arracher le bras. « Oh ! Toutes mes félicitations ! cria-t-il. Quelle joie ! Je suis enchanté, enchanté ! Ce ne pouvait être mieux ! Comme c'est merveilleux ! Sais-tu que, dès le début, mon petit doigt me disait que ce serait toi ! Bravo, Charlie, bien joué ! C'est formidable ! Maintenant, la fête va commencer pour de vrai ! Mais ce n'est pas une raison de traînasser ! Nous avons encore moins de temps à perdre qu'avant ! Il nous reste encore une foule de choses à faire avant la fin du jour ! Et puis tous ces gens que nous devons aller chercher ! Mais, par bonheur, nous avons notre grand ascenseur, si sûr et si rapide ! Vas-y Charlie, monte ! Montez, monsieur grand-papa Joe ! Non ! Après vous, s'il vous plaît ! Par ici ! Voilà ! Et, cette fois-ci, c'est moi qui choisirai le bouton ! » Le scintillant regard bleu de Mr. Wonka se posa un instant sur le visage de Charlie.

Nous allons encore avoir une de ces folles aventures, pensa Charlie. Mais il n'avait pas peur. Il n'était même pas nerveux. Tout juste ému, terriblement ému. Et grand-papa Joe l'était tout autant. Le visage du vieil homme rayonnait tandis qu'il suivait des yeux chaque geste de Mr. Wonka. Ce dernier posa le doigt sur un bouton, tout en haut, au plafond de l'ascenseur. Charlie et grand-papa Joe tendirent le cou pour lire ce que disait la petite étiquette collée à côté du bouton.

Ils lurent... POUR MONTER ET SORTIR.

« Monter et sortir, pensa Charlie, drôle de salle ! Qu'est-ce que ce peut bien être ? »

Mr. Wonka pressa sur le bouton.

Les portes de verre se refermèrent.

« Agrippez-vous bien ! » cria Mr. Wonka.

Et PHTTT ! L'ascenseur s'éleva tout droit comme une fusée ! « Youpi ! » cria grand-papa Joe. Charlie s'accrocha aux jambes de son grand-père et Mr. Wonka à une courroie suspendue au plafond. Et ça montait, ça montait, toujours plus haut, toujours tout droit, sans détours, sans pirouettes ! Et, à mesure que l'ascenseur accélérait, Charlie pouvait entendre siffler le vent. « Youpiii ! cria encore grand-papa Joe. Youpiii ! Nous voilà partis !

— Plus vite ! cria Mr. Wonka en cognant à la paroi de l'ascenseur. Plus vite ! Plus vite ! Sinon, à ce train-là, nous ne traverserons jamais !

— Traverser quoi ? hurla grand-papa Joe. Qu'y a-t-il à traverser ?

— Ah ! ha ! cria Mr. Wonka, attendez voir ! Cela fait des années que j'ai une envie folle de presser sur ce bouton ! Mais je ne l'ai jamais fait jusqu'à présent ! J'ai été tenté souvent ! Oh ! oui, drôlement tenté ! Mais je supportais mal l'idée de faire un grand trou dans le toit de l'usine ! Et voilà, mes amis ! Cette fois-ci, ça y est !

— Mais vous ne voulez pas dire... cria grand-papa Joe, vous ne voulez tout de même pas dire que cet ascenseur...

— Mais si, mais si, parfaitement ! répondit Mr. Wonka. Attendez voir ! Nous sortons !

— Mais... mais... mais... il est en verre ! hurla grand-papa Joe. Il volera en un million d'éclats !

— C'est possible, dit Mr. Wonka, toujours souriant, mais c'est du bon gros ,verre ! »

Et l'ascenseur monta plus vite, plus vite, toujours plus vite...

Et puis soudain, CRAC ! et ce fut, au-dessus de leurs têtes, un tintamarre affolant de bois éclaté et de tuiles cassées ! « Au secours ! hurla grand-papa Joe ! C'est la fin de tout ! Nous sommes perdus ! » Et Mr. Wonka dit : « Mais non ! Nous sommes sauvés ! Nous sommes sortis ! » Et c'était bien vrai. L'ascenseur avait traversé le toit de la chocolaterie. Il s'enfonçait dans le ciel comme une fusée et le soleil inondait le plafond de verre. Au bout de cinq secondes, ils planaient à près de mille mètres au-dessus du sol.

« L'ascenseur est devenu fou ! hurla grand-papa Joe.

— Ne craignez rien, cher monsieur », dit calmement Mr. Wonka. Et il appuya sur un autre bouton. L'ascenseur s'arrêta, comme par enchantement. Il demeura sur place, suspendu en plein air, planant comme un hélicoptère au-dessus de la chocolaterie, au-dessus de la ville qui s'étalait à leurs pieds comme une carte postale ! Par le sol de verre, Charlie pouvait voir, au loin, les petites maisons, les rues et, par-dessus tout cela, l'épaisse couche de neige. Quelle étrange et inquiétante impression que d'être debout sur du verre, en plein ciel ! On avait le sentiment d'être debout sur rien du tout !

« Est-ce que tout va bien ? demanda grand-papa Joe. Qu'est-ce qui fait tenir en l'air cet engin ?

— L'énergie de chocolat ! dit Mr. Wonka. Un million d'unités d'énergie de chocolat ! Oh ! Regardez ! cria-t-il en désignant la terre, voilà les autres enfants qui rentrent chez eux ! »

Les autres enfants rentrent chez eux

« Il *faut* que nous descendions pour voir nos petits amis avant d'entreprendre quoi que ce soit », dit Mr. Wonka. Il appuya sur un autre bouton et l'ascenseur se mit à descendre pour planer bientôt juste au-dessus des grandes portes d'entrée de la chocolaterie.

A présent, Charlie pouvait voir les enfants et leurs parents, formant un petit groupe à l'intérieur de la cour, tout près de l'entrée. « Je n'en vois que trois, dit-il. Qui est-ce qui manque ?

— Ce doit être Mike Teavee, dit Mr. Wonka. Mais il ne tardera pas à les rejoindre. Vois-tu les camions ? » Mr. Wonka désigna une longue rangée de fourgons couverts qui stationnaient le long du mur.

« Oui, dit Charlie. Qu'est-ce que c'est que ces camions ?

— As-tu oublié ce qui est écrit sur les tickets d'or ? Chaque enfant ramène à la maison des provisions de sucreries pour la vie. Un camion par enfant, plein à craquer. Tiens ! Voici notre ami Augustus Gloop ! Le vois-tu ? Il monte dans le premier camion avec ses parents !

— Êtes-vous sûr qu'il va tout à fait bien ? s'étonna Charlie. Après son voyage dans cet horrible tuyau ?

— Il va très, très bien, dit Mr. Wonka.

— Il a changé ! dit grand-papa Joe en l'examinant attentivement à travers la vitre de l'ascenseur. Il était gras avant ! Il est devenu sec comme une paille !

— Bien sûr qu'il a changé, dit en riant Mr. Wonka. Il a été comprimé par le tuyau. Vous vous souvenez ? Tiens ! Voici Mlle Violette Beauregard, la grande mâcheuse de chewing-gum ! On dirait qu'ils l'ont bien débarrassée de tout ce jus ! J'en suis ravi. Et comme elle a bonne mine ! Bien meilleure qu'avant !

— Mais son visage est tout violet ! s'écria grand-papa Joe.

— Exact, dit Mr. Wonka. Là, évidemment, il n'y a rien à faire.

— Mon Dieu ! s'écria Charlie. Regardez cette pauvre Veruca Salt et ses parents ! Ils sont absolument couverts de détritus !

— Et voilà Mike Teavee ! dit grand-papa Joe. Bonté divine ! Ils l'ont drôlement allongé ! Il mesure au moins deux mètres et il est mince comme un fil.

— Ils l'ont laissé trop longtemps dans la machine à éprouver le chewing-gum, constata Mr. Wonka. Quelle négligence !

— Quel drame pour lui ! s'écria Charlie.

— Mais non, mais non, dit Mr. Wonka. Il a de la chance. Toutes les équipes de basket-ball du pays se l'arracheront. Mais ça suffit maintenant, ajouta-t-il. Il est temps de quitter ces quatre petits idiots. J'ai quelque chose de très important à te dire, mon petit Charlie. » Mr. Wonka appuya sur un nouveau bouton et l'ascenseur se remit à monter pour s'envoler dans le ciel.

La chocolaterie de Charlie

Le grand ascenseur de verre planait maintenant très haut au-dessus de la ville. Il emportait Mr. Wonka, grand-papa Joe et le petit Charlie.

« Comme j'aime ma chocolaterie », dit Mr. Wonka en contemplant l'usine d'en haut. Puis il se tut, tourna la tête et regarda Charlie, d'un air extrêmement sérieux. « Et toi, Charlie ? L'aimes-tu aussi ? demanda-t-il.

— Oh ! oui, cria Charlie Je pense que c'est l'endroit le plus merveilleux du monde !

— Je suis très heureux de te l'entendre dire », dit Mr. Wonka, l'air plus sérieux que jamais. Et il continua de regarder fixement Charlie. « Oui, dit-il, je suis vraiment très heureux de te l'entendre dire. Et maintenant, je vais t'expliquer pourquoi. » Mr. Wonka pencha la tête d'un côté, et, soudain, des tas de petits plis, signes d'un sourire, apparurent aux coins de ses yeux, et il dit : « Vois-tu, mon garçon, j'ai décidé de t'en faire cadeau. Dès que tu seras assez grand pour la diriger, toute la chocolaterie t'appartiendra. »

Charlie ouvrit de grands yeux étonnés sur Mr. Wonka.

Grand-papa Joe, lui, ouvrit la bouche pour parler, mais il ne put sortir un mot.

« C'est la vérité, dit Mr. Wonka qui, à présent, souriait pour de bon. Je te la donne réellement. Tu es bien d'accord ?

— La lui *donner* ? suffoqua grand-papa Joe. Vous plaisantez !

— Je ne plaisante pas, monsieur. Je parle très sérieusement.

— Mais... mais... pourquoi donneriez-vous votre usine à Charlie ?

— Écoutez, dit Mr. Wonka, je suis un vieil homme. Je suis bien plus vieux que vous ne pensez. Je ne durerai pas toujours. Et je n'ai pas d'enfants. Pas de famille, rien. Qui donc s'occupera de ma chocolaterie quand je serai trop vieux pour le faire moi-même ? Il faut que quelqu'un la prenne en main, ne serait-ce qu'à cause des Oompa-Loompas. Songez, il y a des milliers de gens très capables qui donneraient tout au monde pour être à ma place. Mais je ne veux pas de ces gens-là. Je ne veux pas d'une grande personne, ici. Un adulte ne m'écouterait pas ; il n'apprendrait rien. Il tenterait de procéder à sa manière et non à la mienne. C'est pourquoi il me faudra un enfant. Un enfant sage, sensible et affectueux, un enfant à qui je puisse confier mes précieux secrets de fabrication — tant que je vivrai encore.

— C'est donc pour cela que vous avez sorti vos tickets d'or ! s'écria Charlie.

— Exactement ! dit Mr. Wonka. J'ai décidé d'inviter cinq enfants à passer la journée dans ma chocolaterie, et celui que j'aimerais le mieux au bout de cette journée serait le gagnant !

— Mais Mr. Wonka, balbutia grand-papa Joe, cette immense usine... pensez-vous réellement la donner tout entière à mon petit Charlie ? Après tout...

— Ce n'est pas le moment de discuter ! cria Mr.

Wonka. Il faut que nous allions chercher le reste de la famille — le père et la mère de Charlie, et puis tous les autres ! Désormais ils pourront tous habiter à l'usine ! Ils pourront tous me donner un coup de main, tant que Charlie sera encore trop petit pour diriger l'affaire tout seul ! Où habites-tu, Charlie ? »

Charlie scruta par la vitre de l'ascenseur les maisons enneigées. « C'est par là, dit-il, en accompagnant ses mots d'un geste de la main. C'est la petite maison, là-bas, au bout de la ville, la toute petite...

— Je la vois ! » s'écria Mr. Wonka. Il appuya sur d'autres boutons et l'ascenseur fonça sur la petite maison.

« J'ai bien peur que ma mère ne puisse pas nous accompagner, dit tristement Charlie.

— Et pourquoi donc ?

— Elle ne voudra pas quitter grand-maman Joséphine, grand-maman Georgina et grand-papa Georges.

— Mais il faudra qu'ils viennent tous !

— Impossible, dit Charlie. Ils sont très vieux. Ils ne sont pas sortis de leur lit depuis vingt ans.

— Alors nous emporterons aussi le lit, ils n'auront même pas besoin d'en sortir, dit Mr. Wonka. L'ascenseur est assez vaste pour contenir un lit.

— Vous ne pourrez pas sortir le lit de la maison, dit grand-papa Joe. Il ne passera pas la porte.

— Il ne faut jamais désespérer ! cria Mr. Wonka. Rien n'est impossible ! Vous allez voir ! »

L'ascenseur planait maintenant au-dessus de la petite maison des Bucket.

« Qu'allez-vous faire ? s'écria Charlie.

— Je vais les chercher, dit Mr. Wonka.

— Comment ? demanda grand-papa Joe.

— En passant par le toit », dit Mr. Wonka. Et il appuya sur un autre bouton.

« Non ! hurla Charlie.

— Arrêtez ! » hurla grand-papa Joe.

Et PATATRAS ! L'ascenseur traversa le toit pour faire irruption dans la chambre à coucher des vieux. Sous une pluie de poussière, de tuiles cassées, d'éclats de bois, de cafards, d'araignées, de briques et de ciment, les trois vieux, dans leur lit, crurent voir arriver la fin du monde. Grand-maman Georgina s'évanouit, grand-maman Joséphine perdit son dentier, grand-papa Georges mit la tête sous la couverture, et Mr. et Mrs. Bucket accoururent de l'autre pièce.

« Pitié ! cria grand-maman Joséphine.

— Calmez-vous, mon épouse chérie, dit grand-papa Joe en sortant de l'ascenseur. Ce n'est que nous.

— Maman ! cria Charlie en se jetant dans les bras de Mrs. Bucket. Maman ! Maman ! Écoute ! Nous allons tous habiter à la chocolaterie de Mr. Wonka et nous allons l'aider à la diriger et il me l'a donnée tout entière, à moi, et... et... et... et...

— Qu'est-ce que tu racontes ? dit Mrs. Bucket.

— Regarde plutôt notre maison ! cria le pauvre Mr. Bucket. Elle est en ruine !

— Cher monsieur, dit Mr. Wonka en faisant un bond en avant pour serrer cordialement la main de Mr. Bucket, je suis vraiment heureux de vous connaître. Ne vous tourmentez pas pour votre maison. Désormais, de toute manière, vous pourrez vous en passer.

— Qui est ce fou ? hurla grand-maman Joséphine. Il a failli nous tuer tous !

— C'est Mr. Willy Wonka en personne », dit grand-papa Joe.

Tous deux, grand-papa Joe et Charlie, mirent un bon moment à faire comprendre à la famille ce qui leur était arrivé au cours de la journée. Et même après qu'ils eurent compris, tous refusèrent de monter dans l'ascenseur qui devait les transporter à la chocolaterie.

« J'aime encore mieux mourir dans mon lit ! cria grand-maman Joséphine.

« — Moi aussi ! cria grand-maman Georgina.

— Je refuse de partir ! » déclara grand-papa Georges.

Alors, sans se soucier de leurs cris, Mr. Wonka, grand-papa Joe et Charlie poussèrent le lit dans l'ascenseur. Puis ils y firent entrer de force Mr. et Mrs. Bucket. Enfin ils montèrent eux-mêmes. Mr. Wonka appuya sur un bouton. Les portes se fermèrent. Grand-maman Georgina poussa un cri aigu. Et l'ascenseur s'ébranla, repassa par le trou du toit et s'envola dans le ciel.

Charlie grimpa sur le lit et tenta de réconforter les trois vieux morts de peur. « Ne craignez rien, dit-il. C'est sans danger. Et l'endroit où nous allons est le plus merveilleux du monde !

— Charlie a raison, dit grand-papa Joe.

— Trouverons-nous quelque chose à manger, là-bas ? demanda grand-maman Joséphine. Je meurs de faim ! Toute la famille meurt de faim !

— A *manger* ? dit en riant Charlie. Oh ! Attendez voir ! »

table

FOLIO JUNIOR EDITION SPECIALE

Roald Dahl

Charlie
et la chocolaterie

Supplément réalisé par
Christian Biet,
Jean-Paul Brighelli,
Jean-Luc Rispail
et Carine Trevisan

Illustrations de Philippe Munch

SOMMAIRE

QUEL OBJET AURIEZ-VOUS AIMÉ INVENTER ?

QUEL OBJET AURIEZ-VOUS AIMÉ INVENTER ?

Le bonbon inusable ? Le chocolat télévisé ? Le grand ascenseur de verre ? Pour le savoir, répondez aux questions suivantes en entourant à chaque fois la réponse qui vous correspond le mieux. Comptez ensuite le nombre de ○, ☆, △ obtenus et rendez-vous à la page des solutions.

1. *Vous partez en vacances. Vous préférez :*
A. Explorer la jungle amazonienne ○
B. Aller chez votre grand-mère ☆ ☆
C. Construire un engin pour aller sur la Lune △ △

2. *Vous êtes invité chez les parents d'un ami. On vous sert un plat que vous n'aimez pas du tout :*
A. Vous le mangez sans rien dire ☆ ☆
B. Vous dites « Non, merci » en faisant la moue ○ ○
C. Vous profitez de la distraction de votre voisin pour glisser le contenu de votre assiette dans la sienne △ △

3. *Vous vous promenez en forêt et vous vous trouvez soudain nez à nez avec un énorme bouledogue :*
A. Vous grimpez au premier arbre venu △
B. Vous restez cloué sur place ☆
C. Vous ramassez un bâton pour en menacer le chien ○ ○

4. *Vous partez sur une île déserte. Vous emportez :*
A. Votre panoplie du parfait petit bricoleur et une boussole △
B. Des provisions pour six mois ☆ ☆ ☆
C. Un fusil de chasse ○

5. *Le pneu de votre vélo est à plat et vous êtes en rase campagne :*
A. Vous utilisez du chewing-gum pour colmater le trou et vous regonflez le pneu △ △
B. Vous prenez votre vélo sous le bras pour faire à pied les trois kilomètres qui vous séparent de votre maison ☆ ☆
C. Vous arrêtez la première voiture qui passe ○ ○

6. *Seul à la maison, vous regardez votre émission préférée et le téléphone sonne sans arrêt :*
A. Vous répondez poliment à chaque appel ☆
B. Vous débranchez le téléphone △ △ △
C. Vous injuriez vos interlocuteurs ○ ○ ○

7. *Vous campez. Une vache est entrée dans votre tente :*
A. Vous la provoquez avec votre chemise rouge
○ ○ ○
B. Vous démontez aussitôt la tente △ △
C. Vous allez chercher le fermier propriétaire de la bête ☆

8. *Vous vous trouvez dans un ascenseur qui tombe en panne :*
A. Vous démontez les boutons pour essayer de le faire repartir △ △
B. Vous vous asseyez dans un coin en attendant qu'il se remette en marche ☆ ☆
C. Vous essayez d'en sortir par n'importe quel moyen ○ ○

9. *A la veille d'une interrogation écrite, vous n'avez rien révisé :*
A. Vous ne vous trouvez jamais dans cette situation △
B. Vous simulez une maladie subite ○
C. Vous y allez, la mort dans l'âme ☆

10. *Vous jouez avec des amis, une querelle éclate :*
A. Vous frappez tout le monde ○ ○ ○
B. Vous prenez le commandement des troupes en donnant des instructions sur la stratégie à suivre △ △
C. Vous vous esquivez discrètement ☆ ☆

Solutions page 184

1
AU FIL DU TEXTE

PREMIERE PARTIE (p. 17-50)

Vingt questions pour commencer

Voici vingt questions qui vont vous permettre de vérifier si vous avez bien lu cette partie du livre. Bien entendu, vous ne devrez compter que sur votre seule mémoire pour y répondre : interdiction de revenir au texte ! Lorsque vous aurez répondu à toutes les questions, rendez-vous à la page des solutions. Vous saurez alors si votre lecture a été attentive...

1. *Quelle est la profession du père de Charlie ?*
A. Menuisier
B. Visseur de capuchons de tubes de dentifrice
C. Déboucheur de bouteilles d'eau de Javel

2. *Pourquoi les quatre grands-parents de Charlie dorment-ils dans le même lit ?*
A. Pour se tenir chaud
B. Pour se raconter des histoires le soir
C. Il n'y a qu'un seul lit dans la maison

3. *Que mange Charlie au petit déjeuner ?*
A. Un bol de céréales
B. Un jus de potiron et une carotte
C. Du pain et de la margarine

4. *Que gagneront les enfants visitant l'usine ?*
A. Un voyage en Afrique
B. Un tour en montgolfière
C. Des sucreries

5. *Comment s'appelle le prince qui avait un palais en chocolat ?*
A. Charlie
B. Pondichéry
C. Willy

6. *Pourquoi Mr. Wonka a-t-il fermé sa chocolaterie ?*
A. Il est parti s'installer en Inde
B. Les ouvriers ne voulaient plus travailler
C. Des espions volaient ses recettes et il avait peur d'être ruiné

7. *Comment les friandises fabriquées dans la chocolaterie fermée en sortent-elles ?*
A. Par la fenêtre
B. Par une trappe
C. Par un souterrain

8. *Combien d'enfants sont autorisés à visiter la chocolaterie ?*
A. Trois
B. Cinq
C. Sept

9. *Où sont cachés les tickets d'or permettant de visiter l'usine ?*
A. Dans le papier d'emballage des bâtons de chocolat
B. Dans des journaux
C. Dans un jardin

10. *Pourquoi Augustus Gloop a-t-il été le premier à trouver un ticket d'or ?*
A. Il avait une machine qui détectait l'or
B. Il achète beaucoup de chocolat
C. Mr. Wonka lui a donné lui-même un ticket d'or

11. *Comment s'appelle le savant anglais inventeur d'une machine à détecter l'or ?*
A. Greenwich
B. Peanuts
C. Foulbody

12. *Que pense la mère d'Augustus Gloop de la gloutonnerie de son fils ?*
A. Il lui faut des vitamines
B. C'est désespérant
C. Cela me dégoûte

13. *Quel âge a Mike Teavee ?*
A. Neuf ans
B. Sept ans
C. Onze ans

14. *Quelles sont les émissions préférées de Mike Teavee ?*
A. Les dessins animés
B. Les films de gangsters
C. Les films d'aventures

15. *Comment s'appelle l'enfant qui a trouvé le troisième ticket ?*
A. Veruca Salt
B. Violette Beauregard
C. Cornelia Prinzmetel

16. *Où Violette Beauregard colle-t-elle son chewing-gum au moment des repas ?*
A. Derrière son oreille
B. Sous la table
C. A une colonne de son lit

17. *Depuis combien de temps « travaille »-t-elle le chewing-gum qu'elle mâche en recevant les journalistes ?*
A. Trois semaines
B. Trois mois
C. Onze mois

18. *A quoi est parfumé le bâton de chocolat que Charlie reçoit pour son anniversaire ?*
A. A l'anis
B. A la menthe
C. A la guimauve

19. *Comment réagit Charlie en constatant que le bâton de chocolat ne contient pas de ticket d'or ?*
A. Il éclate en sanglots
B. Il sourit tristement
C. Il trépigne de rage

20. *Combien de pistolets Mike Teavee a-t-il à son ceinturon ?*
A. Quatre
B. Trente
C. Dix-huit

Solutions page 185

De la cuisson des pommes de terre

Quand Charlie mange pendant plusieurs jours le bâton de chocolat qu'il reçoit pour son anniversaire, c'est un vrai délice. Francis Ponge, lui, est plutôt porté sur les pommes de terre. Voici la description qu'il donne de leur cuisson dans l'eau. Mais certains mots ont été omis. Rétablissez-les au bon endroit en vous aidant de la liste qui suit le texte.

« Cet apprivoisement de la pomme de terre par son traitement à l'eau ...... durant vingt minutes, c'est assez ...... (...).

Il vaut mieux, m'a-t-on dit, que l'eau soit ......, sévère : pas ...... mais c'est mieux.

Une sorte de ...... se fait entendre, celui des bouillons de l'eau. Elle est en colère, au moins au comble de l'...... Elle se déperd furieusement en vapeurs, bave, grille aussitôt, pfutte, ... : enfin, très agitée sur ces charbons ......

Mes ......, plongées là-dedans, sont secouées de soubresauts, bousculées, ..., imprégnées jusqu'à la moelle.

Sans doute la ...... de l'eau n'est-elle pas à leur propos, mais elles en supportent l'effet – et ne pouvant se déprendre de ce milieu, elles s'en trouvent profondément modifiées (j'allais écrire s'entr'ouvrent...).

......, elles y sont laissées pour mortes, ou du moins très fatiguées. Si leur forme en réchappe (ce qui n'est pas toujours), elles sont devenues ......, dociles. Toute acidité a disparu de leur ...... : on leur trouve bon ......

Leur épiderme s'est aussi rapidement différencié : il faut l'ôter (il n'est plus bon à rien), et le jeter aux ......

Reste ce bloc friable et ...... »

Francis Ponge,
Pièces.
© Gallimard

Mots à placer dans le texte : tsitte - colère - goût - pommes de terre - bouillante - ardents - obligatoire - pulpe - savoureux - curieux - finalement - salée - injuriées - ordures - vacarme - inquiétude - molles.

Solutions page 185

Le ticket de ferraille
(p. 36-37)

Et si l'usine de Mr. Wonka était un lieu abominable ? Malheur à l'enfant qui, par malchance, trouverait un ticket. Reprenez l'annonce de Mr. Wonka depuis « Je soussigné Willy Wonka » jusqu'à « cherchez bien vos tickets d'or ! » et, en changeant le moins de mots possible, faites-lui dire le contraire. Nous vous aidons pour commencer :

MONSIEUR WILLY WONKA
LE CONFISEUR DIABOLIQUE
QUE PERSONNE N'A VU
PENDANT LES DIX DERNIÈRES ANNÉES
FAIT CONNAITRE L'AVIS SUIVANT

Je soussigné Willy Wonka ai décidé de forcer cinq enfants – cinq ou plus, retenez-le bien – à visiter ma chocolaterie cette année...

A vous d'inventer une suite à faire dresser les cheveux sur la tête... d'un bonhomme en chocolat !

La caricature
(p. 39-50)

La caricature est un dessin ou une description qui, par le choix de certains détails, accentue les aspects ridicules ou déplaisants d'une personne.

Lisez attentivement les portraits de chaque enfant : leurs défauts sont volontairement exagérés. Faites à votre tour la caricature de vos camarades. Réunissez quatre (ou six) amis. Constituez deux équipes de deux (ou trois) joueurs. Chaque équipe écrit sur deux (ou trois) papiers différents le nom de deux (ou trois) camarades différents. Les deux équipes se réunissent. Chaque participant tire au sort un papier établi par l'équipe adverse. Il doit mimer le personnage inscrit sur le papier et le faire deviner au(x) camarade(s) de son équipe. Si vous exagérez les attitudes du personnage, vous faciliterez le travail de vos coéquipiers... Attention, aucune parole ne doit être prononcée ! L'équipe gagnante est celle qui a reconnu le plus vite le personnage mimé (utilisez un chronomètre).

Des transformations dignes de Mr. Wonka

Mr. Wonka invente des bonbons qui se métamorphosent, comme les caramels mous qui changent de couleur ou les œufs qui deviennent des petits oiseaux en sucre. Les mots eux aussi peuvent se métamorphoser ; rappelez-vous cette comptine : « J'en ai marre, marabout, bout de ficelle, selle de cheval... » En suivant ce modèle (un mot de départ dont vous gardez la syllabe finale pour commencer le deuxième mot, et ainsi de suite), transformez « nougat » en « ballon », « esquimau » en « marguerite », « chocolat » en « mortadelle ». (Chaque série compte six mots.)

Nougat → gâteau → ...... → ...... → ...... → ballon
Esquimau → ...... → ...... → bulletin → ...... → marguerite
Chocolat → ...... → ...... → ...... → ...... → mortadelle

Pour vous aider, nous vous donnons la liste des mots qui vous permettront de reconstituer chacune des séries : timbale - somnambule - diplomate - mollasson - matin - matamore - labyrinthe - tintamarre - interdit - tomate.

D'autre part, nous avons mis deux mots intermédiaires à la bonne place.

Solutions page 186

DEUXIEME PARTIE (p. 50-108)

Vingt questions pour un ticket d'or

Serez-vous choisi pour aller visiter la chocolaterie de Mr. Wonka ? Pour le savoir, répondez aux questions suivantes (bien entendu, il est interdit de consulter le texte), puis rendez-vous à la page des solutions.

1. *Comment Charlie a-t-il pu acheter un deuxième bâton de chocolat ?*
A. Grâce aux économies de grand-papa Joe
B. Son père lui a donné une pièce d'argent
C. Il a cassé sa tirelire

2. *Pourquoi la famille Bucket commence-t-elle à mourir de faim ?*
A. Mr. Bucket a perdu son emploi
B. Charlie a perdu le porte-monnaie de Mrs. Bucket
C. Ils ont dépensé tout leur argent pour acheter du chocolat

3. *Que peut-on lire sur le ticket d'or ?*
A. Une invitation rédigée par Mr Wonka
B. Une offre de voyage
C. Une offre d'argent

4. *Quelle est la date du jour de la visite de l'usine ?*
A. Le 1er février
B. Le 15 janvier
C. Le 1er mars

5. *Qui accompagne Charlie lors de la visite de l'usine ?*
A. Mr. Bucket
B. Grand-papa Joe
C. Grand-papa Georges

6. *Combien de bâtons de chocolat Charlie achète-t-il avec le dollar trouvé dans le ruisseau ?*
A. Un
B. Deux
C. Trois

7. *A quel animal ressemble Mr. Wonka ?*
A. Un singe
B. Un hippopotame
C. Un écureuil

8. *De quoi est faite l'herbe de la salle au chocolat ?*
A. De chewing-gum
B. De sucre à la menthe
C. De chocolat

9. *Quel enfant découvre le premier les ouvriers de Mr. Wonka ?*
A. Charlie
B. Violette Beauregard
C. Veruca Salt

10. *Avec quoi fabrique-t-on le chocolat ?*
A. Du cacao
B. De la noix de cola
C. De la noix de coco

11. *Quelle est la deuxième salle visitée ?*
A. La salle des inventions
B. La salle aux noix
C. La salle au chocolat

12. *Quelle était la principale nourriture des Oompa-Loompas ?*
A. Des escargots
B. Des chenilles vertes
C. Des bananes

13. *Comment Mr. Wonka réussit-il à convaincre les Oompa-Loompas de quitter leur pays ?*
A. Il promet de leur donner du cacao tous les jours
B. Il leur offre de l'argent
C. Il les menace

14. *A quelle salle aboutit le tuyau par lequel Augustus Gloop est aspiré ?*
A. La salle au chocolat
B. La salle à nougatine
C. La salle des inventions

15. *Que veulent faire d'Augustus Gloop les Oompa-Loompas ?*
A. Un bâton de nougatine
B. Un jeu de l'oie
C. Un ballon

16. *De quoi est fait le bateau à bord duquel montent les personnages ?*
A. De fondant rose
B. De bois
C. De crème de violette

17. *Quelle est la couleur du chewing-gum repas ?*
A. Rose
B. Gris
C. Bleu

18. *Quel merveilleux bonbon se trouve dans la salle des inventions ?*
A. Un bonbon gonflable
B. Un bonbon qui chante
C. Un bonbon inusable

19. *Qu'arrive-t-il à Violette lorsqu'elle mange la gomme inventée par Mr. Wonka ?*
A. Elle se transforme en une énorme boule bleue
B. Elle explose
C. Elle s'envole dans les airs

20. *Pourquoi emmène-t-on Violette dans la salle aux jus de fruits ?*
A. Pour la faire boire
B. Pour la presser
C. Pour la faire changer de couleur

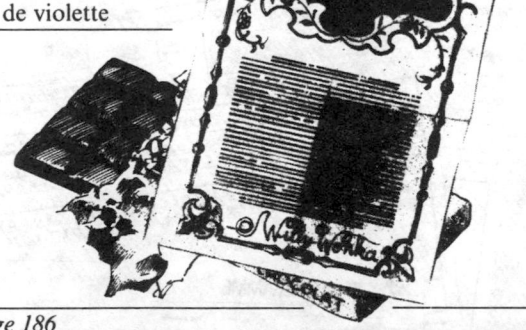

Solutions page 186

Un peu de logique

Voici trois bâtons de chocolat. Sur chacun d'eux est inscrite une phrase. Une seule de ces affirmations est vraie, les deux autres sont fausses. D'après vous, où se trouve donc le ticket d'or ?

Solutions page 187

Télégramme

Charlie veut rédiger un télégramme pour annoncer à un ami qu'il a trouvé le dernier ticket d'or. Il doit employer, dans l'ordre, les lettres du mot « gâterie ». Ces lettres doivent être les initiales de chaque mot du télégramme. Voici un exemple : Génial ! Ai Ticket Extraordinaire. Raconterai Incroyable Expédition. Ecrivez à votre tour un télégramme.

Le trésor au bout du labyrinthe

La chocolaterie de Mr. Wonka est un vrai labyrinthe :
« On aurait dit une gigantesque garenne avec des tas de
couloirs menant dans tous les sens. » (p. 73)

Imaginez un parcours compliqué dans votre maison (il
peut bien sûr se prolonger dans le jardin).

Disposez, mais seulement au début du parcours, des flè-
ches indiquant la direction à suivre.

Pour le reste du parcours, semez des indices (un morceau
de sucre, un bout de chiffon) et, avec chacun, une direction (par exemple : continuez tout droit, ou prenez à
gauche).

N'oubliez surtout pas de mettre, au bout du parcours et
bien dissimulé, un trésor (un gros bâton de chocolat).
Celui de vos amis qui mettra le moins de temps pour arriver au but sera le gagnant, mais il devra encore trouver le
trésor caché...

Le résumé truqué
(p. 89-108)

Voici un résumé des pages 89 à 108. Sept détails, indiqués
par des parenthèses, ont été volontairement omis. D'autre
part, six erreurs se sont glissées dans le récit. Placez les
mots qui conviennent dans les parenthèses et corrigez les
erreurs.

Les personnages montent à bord d'un bateau de fondant
vert conduit par dix ( ), pour descendre la rivière de chocolat. Mr. Wonka interdit à quiconque de boire le chocolat. Le bateau les amène à la salle des ( ). Personne jusqu'à présent n'a eu le droit d'( ) dans cette salle. La
première invention montrée par Mr. Wonka est celle du
bonbon ( ). Violette Beauregard compare ce bonbon à
un berlingot. La deuxième invention extraordinaire est le
caramel qui fait grandir. Au centre de la salle se trouve la
machine à chewing-gum. Ce chewing-gum peut remplacer
un ( ). Violette Beauregard le ( ) et gonfle comme un
( ). Les Oompa-Loompas l'emportent dans la salle à
nougatine.

Solutions page 187

Un insigne pour chacun

A quels enfants du livre attribueriez-vous ces insignes ?

Visages à croquer

Dans la salle au chocolat, les visiteurs émerveillés contemplent un paysage fort alléchant, tout en chocolat et en sucre. Le peintre italien Arcimboldo (né à Milan en 1527) composait lui, des portraits à l'aide de fruits et légumes, et parfois d'animaux : une poire pour le nez, deux tomates pour les joues, des épis de blé pour les sourcils, etc. A vous d'en faire autant : voici quelques fruits et légumes que vous agencerez pour former un visage.

2 oranges - 1 banane - 1 salade - 2 épis de blé - des petits pois - 2 haricots verts - 2 prunes - 1 aubergine - 2 petits choux-fleurs.

Parlez oompa-loompéen

Une anagramme est un mot obtenu par transposition des lettres d'un autre mot (exemple : mare est une anagramme de rame). Peut-être les Oompa-Loompas parlent-ils par anagramme ?... Traduisez les mots suivants :

RIELCHA - NAGOUNETI - CKORDITET (trois mots)
RACHILOCOTE - OACAC - NOBNOB

Solutions page 188

TROISIEME PARTIE (p. 109-154)

Êtes-vous atteint de télémanie ?

Etes-vous comme Mike Teavee un passionné de télévision ou sauriez-vous vous en passer ? Pour le savoir, répondez aux questions de ce test en choisissant à chaque fois la réponse qui vous convient. Comptez ensuite le nombre de ☆, △, □ obtenus et rendez-vous à la page des solutions.

1. *Combien de temps au cours d'une journée regardez-vous la télévision ?*
A. Une heure ou moins ☆
B. Au moins deux heures △
C. Le plus longtemps possible □

2. *A quels moments de la journée ?*
A. En fin d'après-midi ☆
B. Avant les repas △
C. La nuit □

3. *Vous arrive-t-il de rester longtemps sans la regarder ?*
A. Un week-end △
B. Un mois ☆
C. Une demi-journée □

4. *Quelles émissions regardez-vous ?*
A. Les émissions pour la jeunesse ☆
B. Les films △
C. N'importe quoi □

5. *D'après vous, la télévision est :*
A. Un bouche-trou pour les jours de pluie ☆
B. Un moyen de distraction □
C. Un outil d'enseignement parfois utile △

6. *Quel genre de films préférez-vous ?*
A. Les films d'aventures △
B. Les films documentaires ☆
C. Vous les aimez tous □

7. *Si, par une froide journée d'hiver ensoleillée, vous avez le choix entre ces occupations, laquelle des trois choisissez-vous ?*
A. Aller faire une promenade en forêt △
B. Rester douillettement installé devant la télévision □
C. Aider votre père à déblayer la neige devant la maison ☆

8. *Que feriez-vous si vous vous trouviez nez à nez dans la rue avec un célèbre journaliste de la télévision ?*
A. Vous seriez intimidé, mais vous essayeriez de lui parler parce que c'est une vedette □
B. Vous lui demanderiez comment on devient journaliste à la télévision △
C. Rien du tout ; on le voit et on l'entend déjà bien assez comme ça ☆

9. *Avec qui discutez-vous de ce que vous avez vu ?*
A. Avec personne, vous avez autre chose à raconter □
B. Avec vos parents, quand une émission vous a intéressé ☆
C. Avec vos amis, quand est passée une vedette que vous aimez bien △ .

10. *Accepteriez-vous de vivre sans télévision ?*
A. Impossible ! Vous ne pouvez vous en passer □
B. Juste pour essayer, et seulement au printemps ou en été △
C. Sans difficulté ; de toute façon, vous aimez mieux lire ou faire du sport ☆

Solutions page 188

Les inventions
(p. 109-114)

Mr. Wonka présente à ses invités quelques-unes de ses inventions extraordinaires. Devenez inventeur à votre tour.

Prenez douze papiers et trois boîtes que vous numéroterez.

Dans la boîte n° 1, mettez quatre papiers sur lesquels vous aurez inscrit quatre noms d'objets (par exemple : papier peint).

Dans la boîte n° 2, placez quatre papiers avec des propositions relatives dont les verbes indiquent une manière de manger (par exemple : qui se lèche)

Dans la boîte n° 3, mettez quatre papiers avec des compléments circonstanciels (par exemple : pour chambre d'enfant)

Tirez successivement un papier dans chaque boîte. Vous obtiendrez ainsi des friandises étonnantes.

La télévision
(p. 131-132)

Mr. Wonka explique le fonctionnement de la télévision.
Relevez toutes les étapes de son explication (il y en a huit).
Puis illustrez chacun de ces étapes par un dessin.

Mike Teavee a rétréci
(p. 138)

Mike Teavee est devenu minuscule. Mettez-vous à sa place...
- Comment vous apparaîtraient les objets de votre maison si vous ne mesuriez que trois centimètres ?
- Quels sont les dangers que vous pourriez rencontrer ?
Imaginez un récit d'une dizaine de lignes.

Le récit sens dessus dessous
(p. 130-154)

Remettez un peu d'ordre dans cette liste des séquences des derniers chapitres.
1. L'apparition de Mike Teavee sur l'écran de télévision
2. Le retour de Charlie chez ses parents
3. La visite de la salle au chocolat télévisé
4. La révélation de Mr. Wonka : il donne sa chocolaterie à Charlie
5. La désintégration de Mike Teavee
6. La sortie de l'usine par le grand ascenseur de verre

Solutions page 188

2
SUR L'ENSEMBLE DU TEXTE

Avez-vous bien lu
« Charlie et la Chocolaterie » ?

Voici trente-cinq questions portant sur l'ensemble du livre. Vous devrez y répondre en ne vous fiant qu'à votre seule mémoire : interdiction de revenir au texte. Rendez-vous ensuite à la page des solutions pour savoir si vous avez été un bon lecteur.

1. *Quels sont les deux personnages qui apparaissent le moins souvent ?*
A. Mr. et Mrs. Teavee
B. Mr. et Mrs. Salt
C. Grand-papa Georges et grand-maman Georgina

2. *Comment les Bucket apprennent-ils les noms des gagnants du jeu des tickets d'or ?*
A. Par la télévision
B. Par les journaux
C. Par la radio

3. *Qui lit le journal chez les Bucket ?*
A. Mr. Bucket
B. Grand-papa Joe
C. Grand-papa Georges

4. *Qui trouve le premier ticket d'or ?*
A. Veruca Salt
B. Violette Beauregard
C. Augustus Gloop

5. *Quel personnage possède une usine de cacahuètes ?*
A. Mr. Teavee
B. Mr. Salt
C. Mr. Bucket

6. *Quelle difficulté principale doit résoudre chaque jour la famille de Charlie ?*
A. Trouver où dormir
B. Se nourrir
C. Se supporter les uns les autres

7. *Quel cadeau Charlie reçoit-il habituellement pour son anniversaire ?*
A. Un dollar
B. Un bâton de chocolat
C. Un livre

8. *Comment Charlie trouve-t-il le ticket d'or ?*
A. Il trouve un bâton de chocolat dans la neige
B. Sa mère lui offre un bâton de chocolat
C. Il trouve de l'argent et s'achète lui-même un bâton de chocolat

9. *Quelle est la première machine décrite dans le livre ?*
A. La machine à détecter l'or
B. La machine à chewing-gum
C. La machine aux bonbons inusables

10. *Combien de personnages, mis à part Mr. Wonka, visitent l'usine ?*
A. Quatorze
B. Dix-sept
C. Quinze

11. *Quel est le personnage le plus proche de Charlie ?*
A. Son père
B. Grand-papa Joe
C. Mr. Wonka

12. *Quel est le prénom de Mr. Wonka ?*
A. Billy
B. Jimmy
C. Willy

13. *Comment s'appelle l'herbe faite de sucre à la menthe ?*
A. Mencre
B. Smucre
C. Smencre

14. *Qui est la première victime des étranges inventions de Mr. Wonka ?*
A. Veruca Salt
B. Mike Teavee
C. Augustus Gloop

15. *Quelle est la réaction de grand-papa Joe face aux inventions extraordinaires de Mr. Wonka ?*
A. Il est terrifié
B. Il est jaloux
C. Il est émerveillé

16. *Quels animaux Mr. Wonka emploie-t-il dans son usine ?*
A. Des écureuils
B. Des souris
C. Des oiseaux

17. *Pourquoi les emploie-t-il ?*
A. Pour décortiquer des noix
B. Pour piler des noisettes
C. Pour cueillir des fraises

18. *Qui sont les Oompa-Loompas ?*
A. Des Pygmées
B. Des Touaregs
C. Des Masaïs

19. *De quel pays viennent ils ?*
A. D'Australie
B. D'Afrique
C. D'Inde

20. *Quelle est l'invention la plus extraordinaire de Mr. Wonka ?*
A. Le bonbon inusable
B. Le chocolat télévisé
C. Le caramel qui fait pousser les cheveux

21. *Quelle est l'invention de Mr. Wonka qui constitue un dîner composé de trois plats ?*
A. Une pilule
B. Un caramel
C. Une gomme

22. *Quelle est la dernière salle visitée par Charlie ?*
A. La salle des inventions
B. La salle à nougatine
C. La salle au chocolat télévisé

23. *Quel est l'enfant qui est jeté dans un vide-ordures ?*
A. Augustus Gloop
B. Violette Beauregard
C. Veruca Salt

24. *Quelle est la particularité du grand ascenseur de verre ?*
A. Il peut aller dans toutes les directions
B. Il est multicolore
C. Il ne s'arrête jamais

25. *Dans la salle au chocolat télévisé, comment sont vêtus les Oompa-Loompas ?*
A. Avec des pagnes zébrés blanc et noir
B. Avec des scaphandres de cosmonautes rouge vif
C. Avec des combinaisons phosphorescentes

26. *Quelles sont les seules vitamines que ne contient pas le chocolat super-vitaminé de Mr. Wonka ?*
A. Les vitamines D et S
B. Les vitamines A et X
C. Les vitamines M et Q

27. *Pourquoi Charlie est-il le seul enfant à qui il n'arrive aucune mésaventure ?*
A. Il est le plus pauvre
B. Il est le plus sage
C. Il est le plus lâche

28. *Mr. Wonka a organisé le jeu des tickets d'or :*
A. Pour trouver un enfant à qui donner son usine
B. Pour éclaircir le mystère de l'usine
C. Pour vendre beaucoup de chocolat

29. *Qui est le dernier enfant à sortir de l'usine ?*
A. Augustus Gloop
B. Charlie
C. Veruca Salt

30. *Comment est Violette Beauregard lorsqu'elle sort de l'usine ?*
A. Enorme
B. Minuscule
C. Violette

31. *Les Oompa-Loompas chantent dans le livre :*
A. Chaque fois qu'un enfant est puni de ses défauts
B. Lorsqu'ils ont fini leur travail
C. Chaque fois que Mr. Wonka apparaît

32. *Les Oompa-Loompas critiquent la télévision Quelle occupation, selon eux, a-t-elle remplacée ?*
A. Les promenades en plein air
B. Les bagarres avec les copains
C. La lecture de livres passionnants

33. *Où va l'ascenseur de verre à la fin de l'histoire ?*
A. Dans les airs
B. Dans le grand incinérateur
C. Sur la Lune

34. *Comment fonctionne donc cet ascenseur ?*
A. Au kérosène
B. Au jus d'orange
C. A l'énergie de chocolat

35. *Où part habiter toute la famille de Charlie après la visite de l'usine ?*
A. En Afrique
B. Dans la chocolaterie
C. Dans un palais en chocolat

Solutions page 189

3
JEUX ET APPLICATIONS

La couverture du livre

La couverture d'un livre comporte généralement un certain nombre de renseignements :
- le titre du livre
- le nom de l'auteur
- un dessin illustrant l'histoire racontée
- le nom de la collection

enfin, au dos :
- un extrait du récit
- un bref résumé de l'histoire
- le nom de l'illustrateur.

Imaginez une autre couverture pour *Charlie et la Chocolaterie*. Vous pouvez modifier :
- le titre
- le dessin
- l'extrait du roman

Le jeu de cartes

Inventez un nouveau récit à partir d'un jeu de cartes. Fabriquez un jeu proche du jeu des familles. Vous pourrez dessiner vous-même les personnages ou les découper dans des magazines. Ces cartes représenteront :
1. Les principaux personnages du livre
2. Les principaux objets
3. Les lieux (la maison de Charlie, la salle au chocolat...)
4. Des trajets à parcourir (par exemple, de la salle au chocolat à la salle aux inventions)
5. Des paroles à prononcer
6. Des actions

Tirez ensuite une carte dans chacune de ces catégories et écrivez une histoire à partir de l'ensemble obtenu.

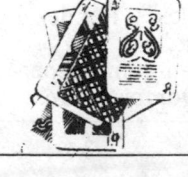

Mots croisés

Horizontalement
I. Maison roulante – II. Pour faire avancer un animal récalcitrant. Négation – III. Métal précieux. Plat préféré des Italiens – IV. Cri du coq – V. Elles sont deux mais il suffit d'en dresser une pour bien entendre – VI. Article masculin. Lorsqu'on les met dans le bain, ils sont parfumés – VII. Héros ou carte à jouer. Prend des risques – VIII. Entre fa et la.

Verticalement
1. Friandise préférée de Charlie – 2. Lueurs qui précèdent le lever du soleil – 3. Entre do et mi. Démonstratif – 4. Arme préférée des sorcières pour tuer leurs ennemis – 5. Ville du Midi où se trouvent des arènes romaines – 6. Françaises, elles comprennent la Martinique et la Guadeloupe – 7. Filles de votre frère ou de votre sœur – 8. Appel à l'aide. Pronom personnel.

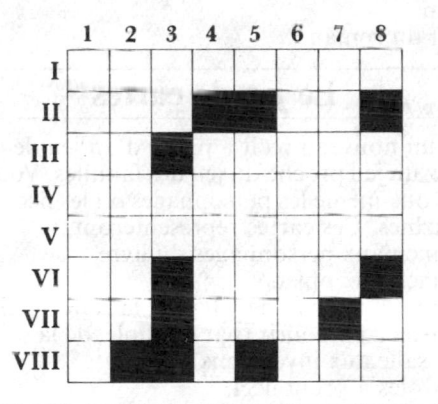

Solutions page 189

Mots composés

Voici sept mots qui ont été mal composés. Rendez à chaque mot le compagnon qui lui revient.
Chewing-papa, grand-Loompa, demi-gum, super-douzaine, extra-délice, demi-puissante, Oompa-heure.

Solutions page 190

Mots brouillés

Retrouvez dans cette grille tous les mots de la liste ci-des-sous. Vous pouvez lire ces mots dans tous les sens, de gauche à droite, de droite à gauche, de bas en haut, de haut en bas et en diagonale. Une même lettre peut être utilisée plusieurs fois. Les six lettres restantes forment un mot désignant une délicieuse friandise.

Sept - Elève - Ile - Etui - Orient - Sucre - Verre - Crête - Strier - Rate - Are - Pré - Lune - Rapt

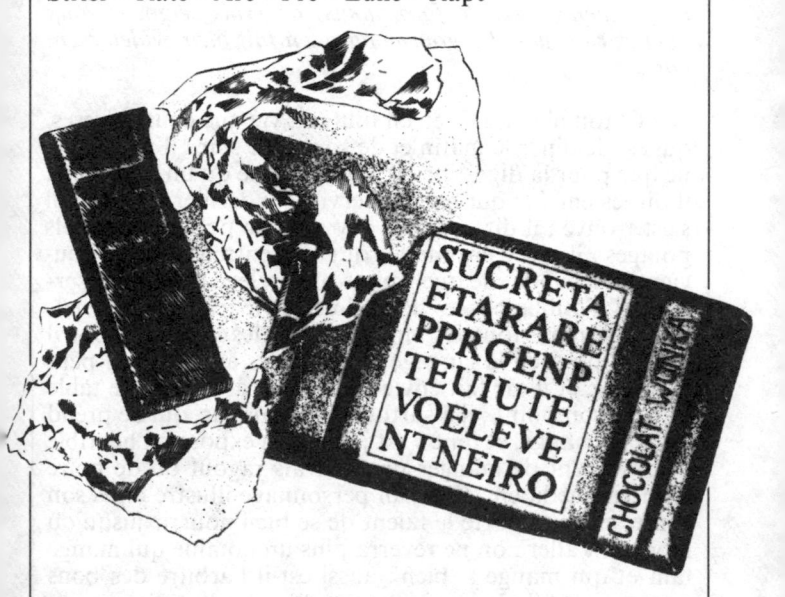

Solutions page 190

Pour finir en chanson

Les Oompa-Loompas veulent fêter la réussite de Charlie. A cette occasion, ils composent une nouvelle chanson. Pourriez-vous en écrire les paroles ?
Lisez attentivement les chansons du livre (p. 87-89, 107-108, 122-124, 141-143) et rappelez-vous que :
- chaque vers a le même nombre de syllabes
- les vers riment deux par deux.

4
LA GOURMANDISE
DANS LA LITTÉRATURE

Cliton

Dans ses Caractères, *La Bruyère (1645-1696) s'attaque successivement à tous les défauts des gens de la cour de Versailles. Tous les personnages mis en scène, comme ici Cliton, étaient, sous de faux noms, de vrais seigneurs aux manies ridicules. La gourmandise en fait bien évidemment partie.*

« Cliton n'a jamais eu en toute sa vie que deux affaires, qui est de dîner le matin et de souper le soir ; il ne semble né que pour la digestion. Il n'a de même qu'un entretien : il dit les entrées qui ont été servies au dernier repas où il s'est trouvé ; il dit combien il y a eu de potages, et quels potages ; il place ensuite le rôt et les entremets, il se souvient exactement de quels plats on a relevé le premier service ; il n'oublie pas les hors-d'œuvre, le fruit et les assiettes ; il nomme tous les vins et toutes les liqueurs dont il a bu, il possède le langage des cuisines autant qu'il peut s'étendre, et il me fait envie de manger à une bonne table où il ne soit point ; il a surtout un palais sûr, qui ne prend point le change, et il ne s'est jamais vu exposé à l'horrible inconvénient de manger un mauvais ragoût ou de boire d'un vin médiocre. C'est un personnage illustre dans son genre, et qui a porté le talent de se bien nourrir jusqu'où il pouvait aller ; on ne reverra plus un homme qui mange tant et qui mange si bien : aussi est-il l'arbitre des bons morceaux, et il n'est guère permis d'avoir du goût pour ce qu'il désapprouve. Mais il n'est plus, il s'est fait du moins porter à table jusqu'au dernier soupir : il donnait à manger le jour qu'il est mort. Quelque part où il soit, il mange ; et s'il revient au monde, c'est pour manger. »

La Bruyère,
Les Caractères

Contes et nouvelles en vers

Au XVIIe siècle on observait des jours de jeûne où, pour « faire maigre », on mangeait du poisson. Ce court récit de La Fontaine (1621-1695) en prend d'autant plus de relief.

Le Glouton

A son souper un glouton
Commande que l'on apprête
Pour lui seul un esturgeon.
Sans en laisser que la tête,
Il soupe ; il crève. On y court ;
On lui donne maints clystères.
On lui dit, pour faire court,
Qu'il mette ordre à ses affaires.
« Mes amis », dit le goulu,
« M'y voilà tout résolu ;
Et, puisqu'il faut que je meure,
Sans faire tant de façon,
Qu'on m'apporte tout-à-l'heure
Le reste de mon poisson. »

Jean de La Fontaine,
Contes et nouvelles en vers

Pinocchio

Pinocchio est malade. Pour le guérir un seul remède : une purge ! Une purge amère. Et c'est ainsi qu'il découvre une merveille, le sucre...

« Pinocchio regarda le verre, fit un peu la grimace, et demanda d'une voix pleurnicharde :
– C'est doux ou c'est amer ?
– C'est amer, mais ça te fera du bien.
– Si c'est amer, je n'en veux pas.
– Suis mon conseil : bois.
– Mais je n'aime pas ce qui est amer, moi !
– Bois, et quand tu auras bu, je te donnerai un morceau de sucre, pour t'adoucir la bouche.
– Où est le morceau de sucre ?
– Le voici, dit la Fée, en le sortant d'un sucrier d'or.

– Je veux d'abord le morceau de sucre ; après je boirai cette horrible potion...

– Tu me le promets ?

– Oui...

La Fée lui donna le sucre, et Pinocchio, après l'avoir croqué et avalé en un clin d'œil, dit en se passant la langue sur les lèvres :

– Comme ce serait bien si le sucre aussi était un remède !... Je me purgerais tous les jours.

– Maintenant, tiens ta promesse, et bois ces quelques gorgées d'eau qui te rendront la santé.

Pinocchio prit de mauvaise grâce le verre en main et y fourra le bout de son nez ; puis il l'approcha de sa bouche ; puis il recommença à y fourrer le bout du nez ; enfin il dit :

– C'est trop amer ! c'est trop amer ! Je ne peux pas le boire.

– Comment peux-tu dire ça, alors que tu ne l'as même pas goûté ?

– Je l'imagine bien ! Je l'ai senti à l'odeur. Je veux d'abord un autre morceau de sucre... et puis, je boirai !... »

Carlo Collodi,
Pinocchio,
traduction de Nathalie Castagné,
© Gallimard

Le Bon Gros Géant

Les géants sont des gourmands, c'est bien connu. Gourmands de petits enfants, c'est encore plus connu. Mais s'il est déjà difficile de trouver des enfants à croquer, imaginez quels peuvent être les tracas d'un géant végétarien gourmand, vivant dans un pays où ne poussent que des schnockombres ! Tel est le triste cas du Bon Gros Géant de Roald Dahl...

« – Mais si vous ne mangez pas des gens comme les autres géants, de quoi vous nourrissez-vous donc ? demanda Sophie.

– C'est un problème bigrement difficultueux dans la région, répondit le BGG, dans ce pays miteux et calaminable, les bonnes mangeailles comme les ananas ou les six trouilles ne poussent pas. Et d'ailleurs, rien ne pousse ici sauf une espèce de légume tout à fait nauséabeurk. On

l'appelle le schnockombre

– Le schnockombre ! s'exclama Sophie, mais ça n'existe pas ! (...)

Le BGG ouvrit la porte d'un grand buffet massif et en retira la chose la plus étrange d'aspect que Sophie eût jamais contemplée. C'était long d'environ la moitié de la taille d'un homme mais beaucoup plus épais. La chose avait la circonférence d'un landau. Elle était noire avec de longues bandes blanches sur toute sa longueur, et des protubérances rugueuses couvraient sa surface.

– Voici le répugnable schnockombre, s'exclama le BGG en le brandissant devant lui, je le mélipende ! je le vilprise ! je l'exécrabouille ! Mais puisque je refuse d'avaler des hommes de terre, comme les autres géants, je dois passer ma vie à m'empiffrer de ces schnockombres nauséabeurks. Sinon, il ne me resterait bientôt plus que la peau et les mots.

– Vous voulez dire la peau et les os ? rectifia Sophie.

– Je sais bien qu'on dit les os, répliqua le BGG, mais comprends donc s'il te plaît que je n'y peux rien si parfois je m'entortille un peu en parlant. J'essaye toujours de faire de mon mieux. »

Roald Dahl,
Le Bon Gros Géant,
traduction de Camille Fabien,
© Gallimard

L'Abricot

Francis Ponge, poète né en 1899, a toujours pris dans ses textes « le parti pris des choses ». Sur l'objet choisi, il nous dit tout. Ici, l'abricot est décortiqué du regard avec une méticulosité gourmande.

« ... Sous un tégument des plus fins : moins qu'une peau de pêche : une buée, un rien de matité duveteuse – et qui n'a nul besoin d'être ôté, car ce n'est que le simple retournement par pudeur de la dernière tunique – nous mordons ici en pleine réalité, accueillante et fraîche.

Pour les dimensions, une sorte de prune en somme, mais d'une tout autre farine, et qui, loin de se fondre en liquide bientôt, tournerait plutôt à la confiture.

Oui, il en est comme de deux cuillerées de confiture accolées.

Et voici donc la palourde des vergers, par quoi nous est confiée aussitôt, au lieu de l'humeur de la mer, celle de la terre ferme et de l'espace des oiseaux, dans une région d'ailleurs favorisée par le soleil.

Son climat, moins marmoréen, moins glacial que celui de la poire, rappellerait plutôt celui de la tuile ronde, méditerranéenne ou chinoise... »

François Ponge,
Pièces,
© Gallimard

Il était un'dame Tartine

Et maintenant, tous les gourmands, rêvez et salivez en découvrant la chanson de dame Tartine !

Il était un'dame Tartine
Dans un beau palais de beurr'frais.
La muraille était de farine,
Le parquet était de croquets ;
La chambre à coucher
De crème de lait,
Le lit de biscuits,
Les rideaux d'anis.

Elle épousa Monsieur Gimblette,
Coiffé d'un beau fromage blanc ;
Son chapeau était de galette,
Son habit était d'vol-au-vent
Culotte en nougat,
Gilet d'chocolat,
Bas de caramel
Et souliers de miel.

Leur fille, la belle Charlotte,
Avait un nez de massepain,
De très belles dents de compote,
Des oreilles de craquelin.
Je la vois garnir
Sa rob' de plaisir,
Avec un rouleau
De pât' d'abricot.

Le joli prince Limonade,
Bien frisé, vient faire sa cour,
Ses blonds cheveux de marmelade
Ornés de pommes cuit's au four.
Son royal bandeau
De petits gâteaux
Et de raisins secs
Portait au respect.

On frémit en voyant sa garde
De câpres et de cornichons,
Armée de fusils de moutarde
Et de sabres en pelur's d'oignon.
Sur l'trôn' de brioche,
Charlott' va s'asseoir,
Les bonbons d'sa poche
Sortent jusqu'au soir.

Voici que la fée Carabosse,
Jalouse et de mauvaise humeur,
Renversa d'un coup de sa bosse
Le palais sucré du bonheur ! ! !

Moralité : Pour le rebâtir
Donnez à loisir,
Donnez, bons parents,
Du sucre aux enfants.

5
SOLUTIONS DES JEUX

Quel objet auriez-vous aimé inventer ?
(p. 157)

Si l'un des symboles est en nette majorité, votre personnalité est bien affirmée. Vous pouvez alors vous identifier à l'une des trois définitions données.
Si, au contraire, un symbole n'est pas nettement prédominant (vous avez par exemple six ☆ et quatre ○), votre personnalité est plus complexe, plus nuancée. Dans ce cas, reportez-vous aux définitions par ordre d'importance.
Enfin, si tous les symboles sont en nombre égal, vous êtes décidément bien insaisissable et plutôt imprévisible. Lisez tout de même les trois définitions.

Si les ☆ sont en nette majorité : vous auriez très bien pu inventer le bonbon inusable et, pourquoi pas... une machine à mouvement perpétuel. Vous êtes prudent, vous aimez la stabilité, la tranquillité. Devant tant de sagesse, on n'hésite pas à vous confier des tâches qui demandent un grand sens des responsabilités (vous occuper d'enfants plus jeunes que vous, par exemple). Lorsque vos parents doivent sortir, ils savent qu'ils peuvent en toute confiance vous laisser seul à la maison. D'une manière générale, vous hésitez à prendre des risques et il vous manque peut-être un peu le goût de l'aventure...

Si les ○ sont en nette majorité : vous êtes un véritable aventurier. Vous êtes débordant d'énergie, vous aimez l'action et vous ne reculez devant aucun obstacle pour satisfaire vos désirs d'exploits. Attention cependant à ne pas prendre trop de risques ! On s'ennuie rarement en votre compagnie, mais votre entourage vous trouve parfois épuisant. Sous votre allure téméraire et parfois violente, vous êtes pourtant plus vulnérable qu'on ne le pense... Vous auriez inventé le grand ascenseur de verre.

Si les △ sont en nette majorité : vous auriez inventé le chocolat télévisé. Vous êtes méticuleux et vous aimez la précision. Vous pourriez rester en admiration pendant des heures devant un moteur d'automobile ou un mécanisme d'horlogerie. De plus, vous êtes souvent très astucieux.

Vous ne manquez pas d'imagination, mais vous gardez toujours les pieds sur terre.

Vingt questions pour commencer
(p. 159)

1 : **B** (p. 22) - 2 : **C** (p. 21) - 3 : **C** (p. 22) - 4 : **C** (p. 37) - 5 : **B** (p. 28) - 6 : **C** (p. 31) - 7 : **B** (p. 34) - 8 : **B** (p. 37) - 9 : **A** (p. 37) - 10 : **B** (p. 39) - 11 : **C** (p. 40) - 12 : **A** (p. 40) - 13 : **A** (p. 49) - 14 : **B** (p. 49) - 15 : **B** (p. 46) - 16 : **A** (p. 46) - 17 : **B** (p. 48) - 18 : **C** (p. 43) - 19 : **B** (p. 45) - 20 : **C** (p. 49)

Si vous obtenez entre 15 et 20 bonnes réponses : vous avez une excellente mémoire et vous pourrez entreprendre sans difficulté la lecture de textes beaucoup plus longs que celui-ci. Bravo ! Continuez à lire ce roman avec la même attention.

Si vous obtenez entre 10 et 15 bonnes réponses : c'est bien ; vous avez retenu l'essentiel, même si certains petits détails vous ont échappé. Vous pouvez cependant améliorer vos résultats : il vous suffira pour cela de faire preuve d'une attention un peu plus soutenue. Essayez, ce n'est pas si difficile...

Si vous obtenez entre 5 et 10 bonnes réponses : ce n'est pas trop mal. Vous avez retenu les choses les plus importantes mais, pour jouer avec nous dans les pages suivantes, vous devrez revenir au texte. Pourquoi ne pas relire dès maintenant les pages que vous n'avez pas très bien retenues ?

Si vous obtenez moins de 5 bonnes réponses : apparemment, cette histoire ne vous intéresse pas. C'est dommage ! Essayez donc de la relire, vous lui trouverez peut-être plus de charme la deuxième fois ?

De la cuisson des pommes de terre
(p. 161)

« Cet apprivoisement de la pomme de terre par son traitement à l'eau *bouillante* durant vingt minutes, c'est assez *curieux*. (...)

Il vaut mieux, m'a-t-on dit, que l'eau soit *salée*, sévère : pas *obligatoire* mais c'est mieux.

Une sorte de *vacarme* se fait entendre, celui des bouillons de l'eau. Elle est en colère, au moins au comble de l'*inquiétude*. Elle se déperd furieusement en vapeurs, bave, grille aussitôt, pfutte, *tsitte* : enfin, très agitée sur ces charbons *ardents*.

Mes *pommes de terre*, plongées là-dedans, sont secouées de soubresauts, bousculées, *injuriées*, imprégnées jusqu'à la moelle.

Sans doute la *colère* de l'eau n'est-elle pas à leur propos, mais elles en supportent l'effet – et ne pouvant se déprendre de ce milieu, elles s'en trouvent profondément modifiées (j'allais écrire entr'ouvrent...).

Finalement, elles y sont laissées pour mortes ou du moins très fatiguées. Si leur forme en réchappe (ce qui n'est pas toujours), elles sont devenues *molles*, dociles. Toute acidité a disparu de leur *pulpe* : on leur trouve bon *goût*.

Leur épiderme s'est aussi rapidement différencié : il faut l'ôter (il n'est plus bon à rien), et le jeter aux *ordures*.

Reste ce bloc friable et *savoureux*. »

Des transformations dignes de Mr. Wonka
(p. 163)

Nougat → gâteau → tomate → matin → timbale → ballon

Esquimau → mollasson → somnambule → bulletin → tintamarre → marguerite

Chocolat → labyrinthe → interdit → diplomate → matamore → mortadelle

Vingt questions pour un ticket d'or
(p. 164)

1 : A (p. 50) - 2 : A (p. 53) - 3 : A (p. 62) - 4 : A (p. 64) - 5 : B (p. 66) - 6 : B (p. 60) - 7 : C (p. 69) - 8 : B (p. 77) - 9 : C (p. 77) - 10 : A (p. 80) - 11 : A (p. 96) - 12 : B (p. 79) - 13 : A (p. 80) - 14 : B (p. 84) - 15 : A (p. 89) - 16 : A (p. 91) - 17 : B (p. 100) - 18 : C (p. 98) - 19 : A (p. 105) - 20 : B (p. 106)

Si vous obtenez entre 15 et 20 bonnes réponses : vous êtes un excellent lecteur. Rien ne vous échappe... Vous avez bien mérité de visiter la chocolaterie de Mr. Wonka.

Si vous obtenez entre 10 et 15 bonnes réponses : c'est bien, vous avez une bonne mémoire. Mais n'hésitez pas à l'exercer encore davantage.

Si vous obtenez entre 5 et 10 bonnes réponses : vous avez retenu les choses les plus importantes, mais vous êtes un peu distrait... Faites preuve d'un peu plus d'attention, vous tirerez meilleur profit de votre lecture.

Si vous obtenez moins de 5 bonnes réponses : vous pensez certainement à autre chose en lisant... Relisez un peu ces pages ; ce sera indispensable pour participer utilement aux prochains jeux.

Un peu de logique
(p. 166)

Si l'affirmation n° 1 était vraie, l'affirmation n° 2 le serait aussi. Or il n'y a qu'une seule affirmation vraie.
Si l'affirmation n° 2 était vraie, elle rendrait également vraie soit l'affirmation n° 1, soit l'affirmation n° 3, selon que l'on supposerait le ticket d'or dans le premier ou le troisième bâton. Les affirmations n° 1 et 2 sont donc forcément fausses, ce qui implique que l'affirmation n° 3 est vraie.
En toute logique, pour que l'affirmation n° 2 soit fausse, comme il se doit, il est clair que le ticket d'or ne peut se trouver que dans le bâton n° 2.

Le résumé truqué
(p. 167)

Les mots qui étaient à placer dans les parenthèses sont indiqués en gras ; les erreurs sont indiquées en italique.
Les personnages montent à bord d'un bateau de fondant *rose*, conduit par une *foule* d'**Oompa-Loompas**, pour descendre la rivière de chocolat. Mr. Wonka *offre une chope de chocolat chaud à Charlie et à grand-papa Joe*. Le bateau les amène à la salle des **inventions**. Personne jusqu'à présent n'a eu le droit d'**entrer** dans cette salle.

La première invention montrée par Mr. Wonka est celle du bonbon **inusable**. Violette Beauregard compare ce bonbon à un *chewing-gum*. La deuxième invention extraordinaire est le caramel qui *fait pousser les cheveux*. Au centre de la salle se trouve la machine à chewing-gum. Ce chewing-gum peut remplacer un **repas**. Violette Beauregard le **mange** et gonfle comme un **ballon**. Les Oompa-Loompas l'emportent dans la salle *aux jus de fruits*.

Un insigne pour chacun
(p. 168)

1 : Veruca Salt   2 : Mike Teavee - 3 : Violette Beauregard - 4 : Augustus Gloop.

Parlez oompa-loompéen
(p. 168)

Charlie - nougatine - ticket d'or - chocolaterie - cacao - bonbon.

Êtes-vous atteint de télémanie ?
(p. 169)

Si vous avez une majorité de ☆ : vous ne semblez guère passionné par la télévision. Elle ne fait pas forcément partie de votre univers quotidien, et vous ne risquez pas de devenir un futur Mike Teavee !

Si vous avez une majorité de △ : attention ! la télémanie vous guette peut-être ! A force de rester devant le petit écran, vous risquez de vous « rouiller » les muscles et la cervelle... mais tout n'est pas perdu. Il suffit de faire l'effort d'éteindre le récepteur de temps à autre, ou mieux : de ne pas l'allumer !

Si vous avez une majorité de □ : Mike Teavee deviendrait très vite votre ami. Relisez donc la chanson des Oompa-Loompas (p. 141-143) ... après avoir éteint le poste !

Le récit sens dessus dessous
(p. 171)

L'ordre exact des séquences est le suivant : 3-5-1-4-6-2.

Avez-vous bien lu
« Charlie et la Chocolaterie » ?
(p. 172)

1 : C - 2 : B (p. 41) - 3 : A (p. 36) - 4 : C (p. 39) - 5 : B
(p. 41) - 6 : B (p. 22) - 7 : B (p. 23) - 8 : C (p. 55-58) - 9 : A
(p. 40) - 10 : A (p. 72) - 11 : B - 12 : C (p. 23) - 13 : B
(p. 77) - 14 : C (p. 82-83) - 15 : C (p. 92) - 16 : A (p. 177) -
17 : A (p. 117) - 18 : A (p. 79) - 19 : B (p. 79) - 20 : B
(p. 131) - 21 : C (p. 102) - 22 : C (p. 144) - 23 : C (p. 120) -
24 : A (p. 125) - 25 : B (p. 130) - 26 : C (p. 141) - 27 : B -
28 : A (p. 150) - 29 : B (p. 144-147) - 30 : C (p. 148) - 31 :
A (p. 87, 107, 122, 141) - 32 : C (p. 143) - 33 : A (p. 154) -
34 : C (p. 147) - 35 : B (p. 153)

Si vous obtenez entre 25 et 35 bonnes réponses : cette histoire vous a passionné. Vous pourriez la raconter dans les
moindres détails. Bravo ! Vous êtes un excellent lecteur !

Si vous obtenez entre 15 et 25 bonnes réponses : vous êtes
un bon lecteur, attentif et intéressé. Vous avez une bonne
mémoire ; un petit effort supplémentaire vous permettrait
de la rendre encore plus fidèle.

Si vous obtenez entre 7 et 15 bonnes réponses : vous avez
compris l'histoire, mais elle ne vous a pas enthousiasmé.
Relisez donc quelques passages avant de continuer à jouer
avec nous.

Si vous obtenez moins de 7 bonnes réponses : les friandises
et les machines, ce n'est vraiment pas votre fort ! Et si
vous vous replongiez dans le livre ? Peut-être y trouveriez-

Mots croisés
(p. 176)

Horizontalement
I. Caravane – II. Hue. Ni – III. Or. Pâtes – IV. Cocorico
– V. Oreilles – VI. Le. Sels – VII. As. Ose – VIII. Sol.

Verticalement
1. Chocolat – 2. Aurores – 3. Ré. Ce – 4. Poison – 5. Arles
– 6. Antilles – 7. Nièces – 8. S.O.S. Il.

Mots composés
(p. 176)

Chewing-gum, grand-papa, demi-heure, super-délice,
extra-puissante, demi-douzaine, Oompa-Loompa.

Mots brouillés
(p. 177)

Les six lettres restantes forment le mot « nougat ».